魔幻偵探所

46

預言收音機

關景峰 著

新雅文化事業有限公司
www.sunya.com.hk

魔幻偵探所
人物介紹

南森

身分：魔幻偵探所創辦人、領頭羊

年齡：120歲

畢業學校：斯塔福德學院（伏魔系）

學位：博士

捉妖經驗：108年，獲得「捉妖能手」、「怪獸剋星」等稱號

性格：遇事鎮定、善於思考，生氣時聽到幾句好話氣就消了

最具殺傷力的武器：
顯形粉、捆妖繩、無影鋼鐵牆

海倫

身分：魔幻偵探所成員，南森的得力助手

年齡：13歲

畢業學校：劍橋大學（法術系）

學位：學士

捉妖經驗：1 年

性格：開朗、逢事觀察細緻，吵架時總讓着本傑明

最具殺傷力的武器：捆妖繩、凝固氣流彈

本傑明

身分：魔幻偵探所實習生

年齡：11 歲

就讀學校：牛津大學〔捉妖系〕

捉妖經驗：3 個月

性格：聰明淘氣、遇事毛躁

最厲害的戰術：非常規戰術

派恩

身分：魔幻偵探所實習生

年齡：10 歲

就讀學校：倫敦大學魔法學院
　　　　　〔反幽靈技術系〕

捉妖經驗：1個月

性格：聰明活潑，非常好勝，有時
候喜歡誇誇其談

保羅

身分：魔幻偵探所機械狗

年齡：100 歲

工作能力：無所不知的電腦資料
庫，善於用百分比分析事物

性格：異想天開、調皮、懶惰

最喜歡的食物：潤滑油

最具殺傷力的武器：追妖導彈

特級裝備

捆妖繩
能夠對準魔怪迅速旋轉收縮，將它捆緊綁實，繩子一旦落到魔怪身上，就像嵌入肉裏，魔怪越掙脫綁得越緊，當然放繩子時可要放得準才行。

無影鋼鐵牆
這堵牆其實就是氣流，它把氣流變成了無影無形的鋼鐵牆壁，能將敵人困在其中，衝不出去。

顯形粉
這是一種非常神奇的粉末，即使魔怪偽裝、隱形了也完全能顯現出它的原形。對了，「顯形」就是「現出原形」的意思！

裝魔瓶

能把魔怪收進裏面，使其在三天內化成清水的神奇瓶子。即使魔怪身形再龐大，也能收進瓶內。

幽靈雷達

能夠準確測定氣流存在的方位，並及時發出警報的裝置。它能跟蹤、測定魔怪在哪裏。不過，如果魔怪的魔力非常強，幽靈雷達有時候也可能測不到，它的更強大的功能還有待你去改進！

追妖導彈

能夠自動尋找魔怪，進行智能追蹤的導彈，這種導彈威力比較大，一般魔怪根本抵抗不了。

魔幻偵探開始行動！

目錄

第一章　老古董

「所以説，你們要不斷學習、加強文字表達的能力……」南森博士在偵探所的客廳裏，對三個坐在桌子後的小助手講解着，這是例行的上課時間，「派恩，你交上來的魔法實踐課的報告，描述上總是有這樣那樣的錯誤，有文法問題，也有表述問題……」

派恩在座位上吐了吐舌頭，隨後聳聳肩。

「海倫的論文報告都很規範，用詞恰當，文法準確，你們今後要多多向海倫學習。」南森邊説邊走到海倫的桌邊，此時的客廳就是一間教室，「海倫，你可以把論文報告發給本傑明和派恩，讓他們多學習一下。」

海倫點了點頭，她一臉驕傲的樣子。

「好了，那麼今天我就給你們安排一篇作文，題目是『未來』。」南森走到客廳中央，「展開你們的想像，用好文法，寫一篇你們心中的未來，可以是自己，也可以是地球，選題的範圍很寬，關鍵是展現出你們的想像……」

「博士，要寫多少字？」派恩搶着問。

「最少要一千個字。」南森説，「不用太着急，現在是上午，午飯前你們寫完，我要一一點評……好了，開始吧，我要去做實驗了。」

南森説完就向實驗室走去，一直趴在沙發旁邊的保羅站起來，跟着南森走向了實驗室。

三個小助手都打開了電腦，開始在電腦上寫起作文來。本傑明和派恩都是一副愁眉苦臉的樣子，海倫則是神情自若，寫一千字的作文對她來説是非常輕鬆的學習。

平日遇到寫作就很是頭痛的派恩這次倒是進展迅速，邊寫還不時點頭，一副很得意的樣子。本傑明則始終愁眉不展，很是艱難地寫作。很快，兩個多小時就過去了。

「怎麼樣？」南森和保羅從實驗室裏走出來，他看着三個小助手，「都寫好了吧，一千字，不算多。」

「我寫好了。」海倫連忙説。

「我也寫好了。」派恩靠着椅背，舉着手，大聲地説。

「嗯？」南森略微愣了愣，「派恩？你也寫好了？很好，那麼，你就先給大家唸唸你的這篇作文吧。」

「博士，主要是你這篇作文的題目起得好，『未來』，很是充滿想像，我天下第一超級無敵魔幻小神探就

喜歡這種富有想像、開闊空間的題目……」

「你就快點唸吧。」本傑明連忙催促道，「話可真多。」

「好，好，我來唸。」派恩連忙點點頭，看着電腦熒幕，「未來，啊，三十多年過去了，我派恩已經成為了一名成功人士，身為倫敦大學教授的我，帶着我的太太和三個可愛的孩子來到了倫敦肯辛頓公園遊玩，我先把我那輛全球限量版的加長勞斯萊斯停在路邊，噢，我那價值十萬鎊的燕尾服差點被車門夾住，真是太不小心了。我的孩子先跑進了公園，我和太太連忙追上去，這時，一個衣衫襤褸、蓬頭垢面的人顫巍巍地走了過來，我一看，啊，居然是我當年的同事本傑明，我幾乎都認不出他了，我的孩子不小心掉了一塊餅乾，本傑明撲上去揀起來就吃……」

「閉嘴——」本傑明生氣地大喊起來，「你這是對我的誣陷，你的未來才是乞丐，你把心思都花在怎麼讓我出醜上了，你將一事無成……」

「派恩呀派恩，你這樣寫……」南森搖着頭，「的確，可能這是你的未來，但是把本傑明寫成這樣，你的未來中，本傑明如果也是個成功人士呢，不是更好嗎？我不相信三十年後的本傑明會是你寫的那樣。這樣寫，很不

好，很不合適。」

「我覺得本傑明會變成這樣的。」派恩比劃着説，似乎有些理直氣壯。

「你才會變成這樣。」本傑明越説越氣，他的桌子就在派恩桌子後面，他伸出腳，踢了派恩的椅子腿，椅子一晃，派恩差點倒地。

「啊——博士——」派恩大叫起來，「本傑明踢我——」

「本傑明。」南森連忙制止爭執，「派恩這樣寫，很不好，但是你也不能踢他，這同樣也是不對的。」

「他先寫我的。」本傑明很是不服氣地説，「全都怪他。」

「我只是寫出自己的真實想法……」派恩也不依不饒的。

「好了，都不要説了。」南森皺着眉，「你們兩個，都要反思一下，看看自己有什麼不對。派恩，你的作文要修改，本傑明，海倫，把你們的作文發到我的電腦上。我看你們兩個要分開一會，派恩在家改作文，本傑明，你和海倫跟我出去。」

「不就是去那舊書市場，我本來就不想去。」派恩不

高興地説。

「你們兩個呀。」海倫在一邊歎了口氣，「這是要鬧到什麼時候呀。」

「我不去了，我對看書沒什麼興趣，我自己的資訊庫裏就有百科全書。」保羅懶懶地趴在地上説。

派恩和本傑明互相看了看，目光還是不友好。隨後，本傑明和海倫把作文發送給了南森，派恩則在那裏有些不太情願地修改起作文來。

南森平時很愛看書，他還特別收藏一些老版本的圖書，有些書甚至有幾百年的歷史。這些書很多都是他從倫敦的滑鐵盧橋下的南岸舊書市場買來的，説是舊書市場，其實是個舊貨市場，老唱片，老照片，甚至還有很多舊玩具。本傑明有一套小錫兵，就是以前和南森去的時候買到的。

南森是開車去南岸市場的，市場裏人不算多。南森進入市場後，就去了熟悉的攤位，那是一家大的舊書攤位，各式各樣的舊書，南森一去就要看半天。本傑明和海倫在市場裏亂逛，他們也會從市場裏買些心儀的東西回去。

逛了一會，本傑明和海倫去了舊書攤位，南森手裏已經拿了兩本書了，不過還在挑書。本傑明和海倫也在貨架

上翻找起來，有一本五十年前出版的繪本，本傑明看得津津有味。

「合適就買下來。」海倫走過來，說道，「博士已經挑好了。」

「啊，隨便看看，不買。」本傑明把書放回去。

本傑明和海倫走到南森身邊，南森笑盈盈地看着他們，看樣子他挑到了滿意的書了。

「你們可以再看一會。」南森說。

「不了，回去吧。」本傑明說，「回去吧，否則派恩把房子燒了也說不定。」

南森又笑了笑，隨後付了款，和兩個小助手向市場外走去。

他們走了大概十幾米，忽然，南森在一個攤位前站住了，那是一個雜貨攤，什麼東西都有，唱片、明信片、舊的畫筆和顏料。南森的眼睛，盯着一台古老的收音機，那台收音機的外殼是咖啡色的，不算大，渾身透出老舊味道。

「上周我買了一個維多利亞時代的櫃子，上面要是擺上這樣一台收音機，你們說怎麼樣？」南森問兩個小助手。

「很復古的感覺。」海倫說，不過她隨即想了想，「不對，維多利亞時代的櫃子本來就是古物，再配上這樣一台舊收音機，好像回到了上百年前，很有味道。」

「好像是這樣的。」本傑明跟着說，不過他對上百年前什麼樣可不太感興趣。

「海倫，我也是這樣認為的。」南森說着轉向靠着椅子、昏昏欲睡的老闆，「先生，請問這台收音機多少錢？」

「啊──噢──」老闆聽到聲音，立即來了精神，他從椅子上站起來，看了看那台收音機，「真有眼光呀，山雀牌收音機，當時可是奢侈品，產量很少，最古老的收音機，現在可找不到了，收音效果很好，當然，由於現代技術的變化，這台收音機接收不到當代很多電台的廣播信號了，但是我想你買這部收音機一定不是為了收聽廣播的，這是一個擺件，高檔有意義的擺件。」

「是的，事實上我很少聽廣播了。」南森點點頭，「那麼價格⋯⋯」

「一百鎊。」老闆晃着頭說，「這要是在古董店，都要賣一千鎊的。」

南森走過去，把收音機拿起來，反轉地看了看。收音

14

機沒有外傷，只是老舊。

「可以收聽的對吧？」南森問。

「插上電就可以使用，我試過的。」老闆點點頭，「零星還能聽那麼幾個台。」

「八十鎊吧？你給個優惠價。」南森試探着問。

「噢，你可真是一個行家。看得出來，你真的喜歡這個收音機。」老闆聳聳肩，「好吧，就八十鎊，你在歐洲都找不到這樣的好價錢。」

老闆收了錢，把收音機放進一個紙袋子裏，本傑明提着紙袋子，他們離開了攤位，走出了市場。

第二章　正義使者

本傑明一路上都抱着那台收音機，在車上也是，他感覺南森很喜歡這件古物。回到家裏，派恩來開門，一切如常，保羅懶洋洋地趴在地上。海倫問派恩是否改好了作文，派恩説他剛寫完一篇平淡無奇、毫無特色的作文。

「休想通過貶損我來顯示你的獨特性。」本傑明抱着紙袋，揮了揮拳頭，「你可要當心點。」

「博士，本傑明又威脅我──」派恩叫了起來，他看見了本傑明的袋子，「裏面是什麼？給我帶的點心嗎？」

「噢，想得可真美。」本傑明説，「這是博士買的古董……博士，給你放到櫃子上嗎？」

「擦一擦就放上去。」南森已經走到了廚房，從裏面拿出一塊抹布。

南森把收音機仔細地擦了一遍，隨後拿到自己的房間，把收音機的線插到了電源上，隨後打開收音機，收音機裏立即傳出「滋滋啦啦」的聲音，南森轉動旋鈕，他扭了幾下，有電流聲，還沒有廣播聲。

「……伯明翰的天氣晴朗，非常適合大家外出運動，祝大家都有美好的一天，這裏是伯明翰地方新聞台，接下來的節目是音樂欣賞節目……」南森又扭了幾下，收音機裏，突然傳出廣播的聲音。

「噢，是伯明翰的電台廣播。」海倫和本傑明跟在南森身邊，看着他買回來的老古董，海倫有些遺憾地說，「找了半天台，倫敦的台沒找到，找到這個伯明翰的電台，可我們也不住在伯明翰。」

「賣貨老闆說了，現在的廣播頻率和當時有區別，這種收音機基本收不到現在的廣播了，能收到這個伯明翰的電台已經很不錯了。」本傑明在一邊說，「再說我們不可能用老古董收聽廣播節目。」

「我知道，就是擺個樣子。」海倫看着那台收音機，「擺在這個櫃子上，倒是很有味道。」

「用這個收音機收聽爵士樂，一定很有味道。」本傑明忽然喃喃地說。

「博士——我的作文寫好了——」外面，傳來派恩的聲音，「來檢查一下呀——」

這一天對本傑明來說，似乎很是無聊。晚飯過後，他有些無所事事，和保羅說了幾句話後，他在客廳的沙發上

坐了一會，沙發上有一本漫畫書，他已經看完了。

「本傑明，聯網打遊戲？」派恩穿過客廳，邊走邊問。

「沒意思。」本傑明搖搖頭。

「你可真深沉。」派恩說着向自己的房間走去。

做點什麼好呢？忽然，本傑明想到了南森的收音機，他站了起來，徑直走進了南森的房間。南森這時和海倫、保羅在實驗室。收音機靜靜地放在櫃子上，本傑明把收音機插上電，隨後打開了開關，他想用收音機搜一下音樂節目，看看有沒有爵士樂聽。

「滋滋啦啦……」收音機裏發出電流聲，他扭了幾下旋鈕，沒有找到電台聲音，不過隨後，伯明翰地方新聞台的廣播聲出現了。

「……預計查理街因為道路拓寬工程導致的擠塞情況，將一直持續下去，即便工程完工，因為緊鄰的詹森街施工期較長，分流過來的車輛使得該道路擠塞不能明顯緩解……」

本傑明不想聽什麼新聞，他調着旋鈕，終於又搜到一個台，不過非常不清晰，裏面有人在說話，但是是法語。本傑明聽不懂在說什麼，繼續調着旋鈕，他幾乎把旋鈕調

到頭了，收音機裏又有聲音傳了出來。

「……奧瓦路，上午九點半，米爾森家的房倒屋塌會去掉你的心中悶氣……」

「正義使者，謝謝你，不過這種懲罰是不是稍微過分？」

「不過分，比起他們做的，一點也不過分。我是正義使者，請叫我正義使者。」

「好的，正義使者，我太愛你了。」

收音機傳來兩個人的對話聲，那聲音有些尖、細，聽上去像是在演話劇。這也不是本傑明感興趣的，他把旋鈕又轉了回來，又聽到了那個法語廣播，他知道這麼古老的收音機，找不到幾個台了，本傑明關閉了收音機。

「本傑明——來幫幫我——」派恩的聲音從他的房間裏傳來，「快呀，我的城堡就要被攻陷了——」

「這個笨傢伙——」本傑明答應着，向派恩的房間跑去。

第二天，又是平常的一天，這段時間來，偵探所很是平靜，沒有人來請求破案，南森的心思也總在實驗室研製的魔藥上。小助手們每天都會上課，也跟着做試驗，不過閒暇時間比較多。最無聊的應該就是保羅，他經常跑出

去，追逐一些路過的寵物狗，好幾次把比他大很多的狗都嚇壞了，海倫說了他幾次，也不聽。

這天上午，小助手們寫了兩個小時作業，然後就自由活動了。本傑明照例和派恩爭執了一會，隨後兩人又像是什麼都沒發生過一樣，跑到外面玩了一會。海倫則跟着南森在實驗室裏忙碌着。

本傑明和派恩是中午回來的，回來的時候兩人都滿頭大汗。他倆剛在不遠處的公園踢了一會球。回到偵探所，兩個人就喊餓，海倫和南森剛剛準備好了午餐。本傑明和派恩洗了手，跑到餐桌邊，大吃起來，南森叫他們吃得慢一點。

「你們是算着吃飯的時間回來的吧。」海倫在一邊說着，一邊打開了電視機，他們有吃午餐時看電視新聞的習慣，「一點忙也不幫，就知道吃。」

「你可以不做呀。」派恩邊吃邊說，「叫外賣呀，外賣的飯也不難吃，雖然你做得不錯。」

「還算有點良心，肯定了我的廚藝。」海倫點着頭，「外面的飯很貴，知道嗎？」

「看新聞，看新聞……」南森指了指電視。

「……上午九點半，本市南部的奧瓦路，一戶人家旁

的大樹傾倒，該戶人家房倒屋塌，幸未造成人命傷亡。」電視裏，出現了現場畫面和播音員的聲音，「該戶的主人叫米爾森，他和太太兩人住在這裏，大樹倒下的時候，他們都在廚房，樹木擊中的是房屋中間的客廳，由於是一棵直徑一米半的古樹，客廳被砸成兩斷，倒下的樹木隨後拉垮了整個房子……」

「噢，真不幸……」派恩看着電視熒幕説，隨後，他看到了本傑明，「嗨，本傑明，你幹什麼呢？這是你家嗎？」

本傑明瞪着大眼睛，張着嘴，兩眼直視電視熒幕，模樣很是驚恐。

「上午九點半，奧瓦路……」本傑明繼續看着熒幕，萬分緊張，「主人叫米爾森……」

「怎麼了？」海倫也愣愣地看着本傑明。

「昨天、昨天我就知道了——」本傑明大叫起來，他把手裏的麵包放下，「博士，海倫，派恩，保羅——」

保羅一直在沙發那裏趴着，聽到本傑明的喊聲，也站了起來，詫異地看着餐桌旁的本傑明。

「嗨，到底怎麼了？」海倫急着問。

「收音機，博士買的收音機，昨天我去聽，裏面有人

說話，說奧瓦路的米爾森家在上午九點半會房倒屋塌。」本傑明激動地揮舞着手臂，喊叫着。

「是博士買的古董收音機？」海倫很吃驚地看着本傑明，「能預言今天發生的事？」

「是呀，我昨晚九點半左右聽到的，我、我以為是廣播劇節目，可是那對話今天實現了，完全一樣呀。」本傑明繼續揮着手臂，他的身體都有些顫抖了。

「本傑明，看你激動的，你確定聽到的內容和今天發生的完全一樣？」派恩有些半信半疑地問。

「一樣，又不複雜，簡單的幾個點，奧瓦路，九點半，米爾森家，房倒屋塌。」本傑明看到派恩不太相信自己，更加激動了。

「這件事……」南森頓了頓，「本傑明，你是說你昨晚九點半在我的房間聽收音機，有個電台裏有人說話，說出的內容和剛才我們看到的新聞內容一樣？」

「是的，是這樣的。」本傑明連連點頭。

「哪個台？」南森問。

本傑明聽到南森的話，轉身就向南森的房間跑去，大家都顧不上吃飯了，跟着本傑明就進到南森的房間。本傑明一進去，就把收音機的電插銷插上，隨後打開收音機，

開始調旋鈕。

　　收音機裏傳來「滋滋啦啦」的電流聲，本傑明調過了那個伯明翰的廣播，又聽到了法語廣播，不過他隨即把旋鈕幾乎擰到盡頭，但是沒有説話聲傳出來。

為什麼電台裏的人會預知未來？

「就是這個台，大概就在這個位置。」本傑明緊張地説，「可是現在沒有播音。」

「這件事……」南森想了想，「本傑明可是受過專業訓練的魔法偵探，聽錯了，或者是弄混了的可能性不是很大，所以本傑明應該是確實遇到了異常的事……昨晚是九點半聽到那個廣播嗎？我要確認一下。」

「是的，應該是九點半。」本傑明連續點頭。

「那好，今晚我們再來聽一聽，看看有沒有這樣一個電台廣播，再聽聽廣播內容，把一切情況搞清楚。」南森非常嚴肅，「弄清楚情況，我們才能作出反應。」

「相信我，真的有問題。」本傑明看着那個收音機，似乎要鑽進去一樣，「博士，現在就開着這台收音機，就這個頻道，萬一一會有人出來説話呢。」

「好的。」南森説，他看看跟進來的保羅，「老伙計，開啟你的偵聽功能，收音機一旦有聲音，你在別的房間也能立即聽到。」

「我就在這個房間吧。」保羅説着趴到了地上，「我來監聽這台收音機。」

「我們去吃飯，大家都不要太緊張。」南森對小助手們説，「一切都會搞清楚的。」

「博士，你隨便買的一個收音機，還查出大問題了。」海倫很是不可思議地説，他們一邊説一邊往外走。

本傑明跑到餐桌旁，把沒吃完的麵包等放到一個盤子裏，端着盤子跑到了南森的房間，此時的他可沒什麼心思吃飯了，他坐在沙發上，匆忙地吃着，但是眼睛一直看着那台收音機。

整個下午，收音機裏只有那電流聲，本傑明還時不時地去調旋鈕，他擔心沒有對準頻道的位置。最後，本傑明靠在沙發那裏，聽着收音機的聲音，睡着了。

保羅在各個房間裏走來走去，收音機裏傳出聲音他會立即知曉。這個下午他也沒有聽到任何聲音。晚飯的時候，派恩把本傑明叫醒，吃晚飯的時候本傑明的心思同樣都在收音機那裏。

晚飯之後，本傑明乾脆把收音機抱到了客廳裏，放在茶几上，打開後等着那聲音出現。時間距離九點鐘越來越近了，本傑明的心也懸了起來。

一直等到九點半，收音機裏沒有傳出來任何聲音。本傑明着急了，派恩則在一邊説本傑明可能弄錯了，或者出現幻聽，聽到派恩嘲弄的話，本傑明更加着急了。

「怎麼會呢？昨晚就是這個時間有人説話的。」本傑

明抱起了收音機，翻轉看着，「怎麼不出來了？」

「會不會是今天不播音？」海倫問，「也許明天出來，你也沒聽清是什麼廣播電台，否則可以查的。」

「也許明天出來。」本傑明連連點頭。

「要是明天不出來呢？」派恩立即問。

「你就會說這些洩氣的話⋯⋯」本傑明狠狠地瞪了派恩一眼。

第三章　前往沃金地區

「嗨，正義使者廣播電台，正義使者廣播電台，我是正義使者，抱歉來晚了……」收音機裏，一個聲音傳了出來，「大家好，有仇報仇，有冤申冤，無冤無仇當聽眾呀，嗨，西瓜，你好嗎？勺子，你在嗎……」

「就是這個——」本傑明激動地手指着收音機，大喊起來，「就是——」

「噓——」派恩連忙做了一個噤聲的動作。

南森、保羅全都圍了過來，大家聽着收音機裏的聲音，本傑明確定這個聲音就是昨天聽到的聲音。

「正義使者，我是西瓜……」收音機裏傳出另外一個聲音，「太謝謝你了，米爾森家完蛋了，報仇了，太謝謝了。」

「不用客氣，誰讓我是正義使者呢？還有誰有冤仇？勺子在嗎？」

「正義使者，我是沃金社區的勺子，我的事和你說過，請問排上日程了嗎？」

「胖傢伙那件事嗎？我記着呢，明天上午十點，請你欣賞。」收音機裏的「正義使者」説，「大水大水真厲害，一下沖向一座房，哈哈哈⋯⋯」

「太好了，正義使者，到時候我一定去觀看，謝謝你為我報仇。」「勺子」興奮地喊起來。

「本正義使者充滿正義感，免費接單，免費為大家報仇，有仇報仇，有冤申冤。」「正義使者」似乎開始了廣告，「但是本正義使者人手有限，目前只有我一個，有冤仇的申報上來，我一個一個解決⋯⋯」

「好的，正義使者⋯⋯」

「謝謝你，正義使者⋯⋯」

電台裏忽然出現了很多聲音，裏面的人都在爭相向「正義使者」表達謝意。

「如果今天沒有申報，那麼本次廣播結束，記得每晚九點半，或者九點半過幾分鐘，大家相約正義使者廣播電台。」「正義使者」説道。

「再見，正義使者⋯⋯」又是一片聲音，大家紛紛向「正義使者」道別。

收音機隨後就轉入了平靜，只留下輕微的電流聲。

南森他們互相看着，全都是滿臉的驚異和詫異。

　　「聽上去，這不是什麼正規的廣播電台。」南森後退兩步，離開了茶几那裏，「像是一個私人廣播，很是隨意。」

　　「連廣告也沒有，也沒有音樂節目，而且播音時間那麼短。」派恩跟在南森身後，附和着説。

　　「也可能是一個利用電台頻道的無線電羣組，有些無線電愛好者會建立通話羣組，在某個電波頻道上聯繫。這台收音機收到的電台這麼少，是因為現代大多電台基本都不用以前的頻道頻率播音了，但是無線電愛好者會使用這些頻道。」南森似乎是在自言自語，不過他隨即看看大家，「現在看，本傑明説的事，是真實的，這個『正義使者』好像專門針對某些人做出攻擊的舉動，名義上是報仇伸冤……他剛才説的沃金地區……」

　　「就是西南郊區的沃金地區，一定是這裏。」本傑明的眼睛還是盯着收音機，他大聲地説。

　　「如果説昨天本傑明聽到房倒屋塌，今天我們又聽到大水沖向一座房，那麼明天沃金地區的一座房子可能會被水沖呀。」南森有些焦慮地説。

　　「是呀，『正義使者』説什麼，第二天就會發生什麼。」本傑明激動地站了起來。

「很棘手的問題。」南森説着走到地圖旁邊，看着沃金地區，這裏就在倫敦的西南部，「首先今天這個房倒屋塌的事情，新聞上説是一棵大樹倒下，沒説有人為攻擊的情況，明天沃金地區有房子可能被水沖，我們都沒法報警，沃金地區很大呀。」

「我看了天氣預報，明天是晴天。」海倫收起剛剛查看過的手機，「泰晤士河的支流韋河流過沃金地區，但是不下雨，河水就不會暴漲，而且那裏可是倫敦都會區，河道早就疏通得很好了，以前有多大的暴雨也不會有房子被水沖的情況。」

「是呀，房子被大樹砸中倒是有可能，可是用水沖一座房子，怎麼沖？哪來那麼多的水？」派恩也很是不解地説，「這個廣播好像是在吹牛呢，裏面那個『正義使者』嘻嘻哈哈的，口氣那麼浮誇，可能是無線電愛好者在説笑呢，我知道有些無線電愛好者現在還會用電台聯繫，這是他們的業餘愛好。」

「那房倒屋塌怎麼解釋？這是今天早上確實發生的事情。」本傑明可不贊同派恩的説法，他揮着手臂，「昨天沒有吹牛，今天也不會。」

「這些人説完就消失了，也不知道這是哪個電台，或

31

者説這些無線電愛好者在哪裏。」南森看上去有些憂慮，「否則找到他們問個究竟。」

「現在都快十點了，去哪裏找呀，而且怎麼找呀？」海倫看着那收音機，同樣有些憂慮。

「説的事情也沒有發生呢，大水沖向一座房子，山洪暴發倒是可能，沃金可是平原地區，有樹林，有小河，但是沒有導致山洪暴發的條件。」

「這樣，明天我們開車去沃金地區，如果沒有事最好，有事發生我們第一時間介入。」南森想了想説，「真要有事發生，我看還能上地方新聞。」

「我們要是真能發現什麼，就立即阻止。」海倫很是贊同南森的主意。

這天晚上，本傑明守着那台開着的收音機一直到十一點多，他希望那個「正義使者」再出來説話，保羅告訴他自己會始終監聽着收音機，本傑明才去休息。

第二天一早，大家很早就起來。不到八點南森就開車帶着大家前往沃金地區，沃金地區的中心是沃金鎮，鎮中心有一些樓房建築，其餘地區都被樹林覆蓋着，眾多的房子豎立在高大的樹木下，這個地區的人口比較稀少。

南森開了半個多小時的車，到了沃金地區。他駕着

車，在沃金的街道上搜索着，看着周圍有什麼異常的情況。南森汽車上的收音機一直開着，鎖定了倫敦當地的新聞台。

汽車行駛得很慢，小助手們分別負責左右，看着外面的情況。這裏非常的安靜，街道上幾乎沒什麼人，看不出來要發生什麼異常的事。關鍵是他們的尋找是沒有目標的，只能沿着街道逐步的觀察。

時間一點點的過去，馬上就要到十點了，大家什麼都沒有發現。前面，出現了一座橋，南森把車開上了橋，準備去另一個街區找尋。

「這條河就是韋河。」海倫指着橋下的河水説。

韋河大概十多米寬，它是泰晤士河的一條不大的支流，河水的流速倒是很快。本傑明仔細地看着周圍，連房子都沒有，這裏的韋河就算是河水突然暴漲，也不會沖向任何房子。

汽車開過橋，又向前開了近百米，路邊出現了一幢房子。

「十點了，要是有事情發生，已經發生了。」派恩看了看手錶，説道。

這時，從這幢房子的窗戶，突然跳出一個人來，這人

大概二十多歲，跳出來後拔腿就跑。隨後房子的大門突然打開，一個老者追了出來。

「抓住他呀——抓壞人呀——」老者向那人追去，邊追邊大喊着。

緊接着，一個老婦人也跟了出來，大喊着抓壞人。

南森連忙停車，派恩緊靠着右側的車門，他推開門就跳下車，向那個年輕人追去。派恩幾步就越過了老者，隨後快跑幾步，衝過去攔住了那個年輕人。

「你——」年輕人瞪着派恩，他很是驚異，也很憤怒，「走開，別攔着我——」

「小心呀——」後面的老者大喊着，他看到派恩是個孩子，很是擔心，那年輕人可比派恩高很多，「孩子，他是壞人，離他遠點——」

「偷了人家東西吧？」派恩輕蔑地問那年輕人。

「啊——」年輕人看派恩不肯走開，後面老者又追來，揮拳就打向派恩。

派恩冷笑着，伸手對着年輕人的拳頭打去。

「咔——」的一聲，年輕人隨即慘叫起來，他後退了幾米，最後倒在地上，他痛苦地捂着手臂。

「啊——啊——我的胳膊要斷了——」

　　本傑明和海倫衝上來，他倆站在那個年輕人身邊，看着他。

　　「派恩，你這一下，可夠他受的。」海倫轉頭看看派恩。

　　「偷人家東西，還攻擊我。」派恩輕蔑地説。

　　老者跑了過來，驚奇地看着派恩。

　　「這個孩子，這麼厲害？」

　　派恩得意地仰着脖子，腳尖還翹了兩下。

　　「沒什麼事吧？」南森慢慢跟了過來，小助手們對付這種歹徒，南森很是放心，這樣不會魔法的歹徒，派恩一人對付十個都沒問題，「這人是小偷嗎？」

　　「我和我太太在廚房，聽到裏面房間有聲音，跑過去看，發現這個人翻進我家偷東西，我們就追出來了。」老者説。

　　「我報警了。」老者的太太手裏拿着一部手機，跑過來説道，「警察馬上就來。」

　　「那就把他交給警察吧。」南森看着那個年輕人，他已經坐了起來，但是還捂着手臂，滿臉痛苦的樣子。

　　「謝謝，謝謝你們呀。」老者很激動，他特別看着派恩，「英雄呀，沒想到這麼小的年齡，這麼厲害，剛才你

攔住這個傢伙，我嚇壞了，我以為他隨便一推你就把你推出去了。」

「我天下第一超級無敵魔幻小神探還沒出重手呢。」派恩還是那麼得意洋洋的，「我一腳就能他把踢出去十米……」

「十點鐘，就發生了這樣一件事。」本傑明看看身邊的海倫，「可是整件事都和水沒有關係呀，小偷溜進房子偷東西，又不是水沖進房子。」

「誰知道呀。」海倫也很是無奈，她當然覺得這件事和昨晚的廣播不相關。

正在說着，不遠處，一輛警車開了過來。就在這個時候，南森的汽車裏，保羅扒着窗戶，大聲地喊着南森。

第四章　水中有隻河狸

南森和海倫連忙跑過去，保羅一臉焦急。

「博士，我可是一直開啟着遠聽功能的。我剛剛聽到五百米外，有一個奇怪的轟鳴聲，你們聽不到，我聽得很清楚，好像有水聲。」

「『大水』？」海倫一愣。

「那要去看看。」南森轉頭對本傑明和派恩招手，「本傑明——派恩——」

那邊，兩個警察已經把那個小偷控制起來，派恩在向警察眉飛色舞地比劃着，説着自己的威武。聽到南森叫自己，匆匆和警察説了幾句話，轉身和本傑明就跑了過來。

南森一邊發動汽車，一邊告訴他們保羅發現了情況。保羅則很明確聲音傳來的地方，指引着南森向那個方向開了過去。

汽車繞過一個小樹林，距離他們大概兩百米，前方出現了一片河邊的空地，南森猛地發現，地上全都是水，汽車前還有水流過來。

「那房子快被沖垮了——」坐在第一排的本傑明指着前面的房子大喊起來。

汽車距離房子不到五十米了，大家看得很清楚，房子周圍全都是水，房子應該是木頭房，處於一種半塌的狀態，房子屋頂下的部位，都是水漬。

南森把汽車開到房子邊，他停下車，眼看四邊都是水，一個房門歪倒在水裏，應該是被沖垮的，兩個人，一男一女，渾身都濕透了，站在門口，瑟瑟發抖。

「嗨，怎麼才來？」瑟瑟發抖的男子看到南森，兇狠地大喊起來。男子的身材很胖。

南森嚇了一跳，不知道男子為什麼會對自己這樣生氣，幾個小助手也都愣住了。

「查理，他們不是消防隊的，還有孩子呢。」女子在一邊說，他和男子大概都有三十歲，應該是夫妻，「可能是路過的鄰居。」

「看我的笑話對嗎？快走——」男子繼續生氣，對着南森他們喊叫。

「我們不是消防隊的，也不是鄰居，但我們是魔法偵探，我們來這裏，是我們覺得能幫助你。」南森説着，手指着那扇倒在水中的門，那扇門一下就立了起來，隨後飄

起來，來到原來的位置，懸浮在那裏。

叫查理的男子和他的妻子頓時都愣住了，兩人張大了嘴巴，看着那飄起來的門。

「房子要是塌了，把你們壓在裏面，我們幾秒鐘內就能把你們救出來。」海倫沒好氣地説，「那麼兇，我們可是來幫助你們的。」

「啊，啊……」查理變臉了，他變得十分恭敬和渴求幫助，「我剛才被水沖了那麼一下，這裏你們也看到了，我的家全都毀了，所以心情不好……魔法師，求求你們，能幫我恢復我的家嗎？」

「房間裏還有什麼人嗎？」南森問道，房子的前面，左右兩扇大窗的窗框斷裂，玻璃全都碎了，一片破敗。

「沒有人，只有我和恩妮兩個人。」男子指着自己的妻子説。

「房子不能進去了，修復工作要專業的建築工人來完成。」南森説，「不過這件事你們不覺得很奇怪嗎？平地裏怎麼出來這麼大的水？我們能幫你解決這個問題。」

「是呀，是呀——」查理暴跳起來，「怎麼會有這麼大的水沖過來？又沒有下雨，再説以前下暴雨對面的河水最多漫上來一點，剛才是一股洪水沖到我家裏了，水都快

到我脖子了，一定是有誰陷害我⋯⋯」

「平地上這麼大的水⋯⋯」海倫走到南森身邊，提醒說，「一般人可能沒這個能力，會不會是魔怪幹的呀？」

「嗯。」南森先是點點頭，他看看查理，隨後看着對面，對面是一片空地，有幾棵樹，地面上倒是也都是水漬，「對面有河？」

「向前三十米，有一條河。」查理説，「河道轉彎的地方對着我們這裏。」

「你打過電話報警了？」南森又問。

「對，水沖進來的時候我正在打電話，舉着手，手機沒有受潮，我被水沖得靠着牆壁，水從前門進來，從後門沖出去。我出來後就報警了，警方説消防隊也會來，他們負責救災。」查理一口氣地説完。

正説着話，遠處一輛警車一輛消防車開來。南森則向房子對面的河道走去，他是趟着水走過去的，他對這件事感到非常的疑惑。

一路上的水倒是不深，但是有很多的樹枝，有些樹枝還非常粗。前面有流水聲傳來，南森來到了岸邊，一條河道出現在南森眼前，這條河道的轉彎處，正對着查理家的房子，這是一處幾乎九十度角的急轉彎，河水比較急，不

過河道並不寬。

「博士，這一路上怎麼都是樹枝呀？」本傑明和保羅跟了過來，「那個查理家房子前也有很多樹枝，堆在窗戶下。」

突然，前方的水面露出了一個小腦袋，隨後又縮進水裏。

「答案在那裏——」南森説着手指向前面的水面。

「那是什麼？好像是河狸，或者是水貂。」本傑明説。

「是河狸。」南森説道，「一切都很明確了，這一路的樹枝是河狸築壩用的樹枝，河狸在對面建造了一個水壩，水壩剛才坍塌了，或者是被摧毀了，對面的河水突然湧出來，就像是潰堤後的洪水一樣，突然沖向查理的房子，本來這些水是要沿着河道轉彎流走的，但是突然的潰壩，大部分河水直接沖上岸，衝垮了查理的房子。那些樹枝是隨着水一起沖上來的。」

「這樣説，是河狸摧毀了自己建造的水壩，大水沖向了查理家。」本傑明驚異地看着眼前的河道，對面的河道兩邊，緊靠河岸，還豎立着幾根木樁，因為在水壩兩側，水流衝擊力小，並沒有被沖走。本傑明説完話後，停頓了

幾秒鐘，發現自己說得不對，「啊呀，河狸能和查理有什麼仇？再說河狸這種水壩建起來要好長時間，摧毀也不可能一下就完成。」

「是的，有外來力量在作怪。」南森點着頭說，「老伙計，你剛才聽到『轟』的一聲？」

「是的，很大的聲音。」保羅說道。

「那就是潰壩的聲音。」南森轉身向回走去，「瞬間摧毀水壩，而且你們看到，樹枝滿地都是完整的，所以不可能是爆炸所為，那麼問題就來了，誰能不借助爆破，瞬間摧毀水壩呢？」

「博士，我明白你的意思，你是說我們魔法師的工作來了。」本傑明連忙說。

「是的，這不是普通的案件，有可能是魔怪作案。魔怪使用法術能讓這裏瞬間崩坍。」南森又看了一下後頭，隨後說道。

警察在記錄查理和他妻子的描述，幾個消防隊員進入到房屋裏，清理出一些雜物，並開始對房屋危險處進行加固，防止房屋徹底坍塌。儘管進行了加固，他們還是要求查理夫婦不要進入到房屋裏。

南森向前來的警官介紹了自己，警官認識南森。南森

把從收音機聽到廣播，到剛才去河道那裏的觀察，全都告訴了警官，並且說此事並不簡單，有可能是魔怪作案。警方人員對此也很吃驚，這樣這個案件就轉移到魔幻偵探所處理了。南森則要求立即對查理夫婦問話。

很快，查理夫婦被帶到南森面前。他倆已經好了很多，不再那麼瑟瑟發抖了。兩人披着一塊消防員給的毯子，他們被檢查過了，身體沒什麼問題，全都沒有受傷。

「查理先生，你們知道家門前的河道，有一個河狸築造的水壩嗎？」

「知道，我還看見過河狸呢。」查理點着頭説，「水壩有一米多高。」

「水壩坍塌了，水猛撲過來，沖垮了你的房子。」南森指着河道那邊説，「我剛才已經看過了。」

「啊？我沒注意看，水壩坍塌了嗎？」查理叫了起來，「對面那條河都沒有名字，它是韋河的一條小支流，很短的支流，從韋河岔出來，在我們門口轉個彎，又流進韋河。」

「噢，這倒是很有意思。」南森明白了，這條河比韋河窄很多，看上去就不像韋河。

「我説怎麼會有水沖上來呢，原來是河狸的水壩塌了。」查理氣呼呼地説，「該死的河狸……」

「可能和河狸沒有關係。」南森擺擺手，「我現在很想知道，你最近有沒有得罪過誰？」

「我嗎？」查理的眼睛轉了轉，「我得罪的人可不少，鄰居們都不想和我住一起，你看周圍，那幾所空房子，鄰居們都搬走了。」

「是他們太挑剔，我們可一直是規規矩矩的人。」查理的妻子很是不屑地説。

「噢，明白。」南森點點頭，「有誰和你有很深的仇

恨嗎?我很想了解這點。」

「我不知道他們怎麼想的,反正我覺得應該沒有。」查理比劃着説,「上次我放煙花,不小心把福克納家的玻璃炸碎了,我沒有賠錢,是因為我不是故意的,煙花自己倒了,又不是我碰倒的,是他們自己倒霉。開車撞壞了路易士家的郵箱也是,我也不是故意的,我的車還掉漆了呢。」

「是這樣嗎?」南森略有驚異地看着查理,「那麼我明白了……你最近有沒有去過什麼墓地或者老舊破屋、森林山谷?」

「沒有,我就是一直在家。」查理説,「我太太也是,我們都在家裏。」

「那麼好的,我知道了。」南森説着看了看查理的房子,「看來你們要去旅館住些日子了,如果想到什麼特別的……仇人,馬上告訴我。」

第五章　拜訪米爾森

南森叫保羅把現場，包括河道那裏全都拍了下來。查理夫妻被安排去了旅館，就在南森他們快要離開的時候，電視台的記者開着採訪車過來了，而且還是兩家電視台。這些記者的消息真的是很靈通的。

南森帶着幾個小助手上了車，上車後南森就讓海倫聯繫倫敦警察局的麥克警長，要他幫忙查一下奧瓦路的米爾森家地址，也就是收音機裏報道房子被大樹砸垮的那家人。麥克警長很快就查到米爾森家的地址是奧瓦路791號，不過米爾森一家此時都搬到旅館去住了，房子正在維修。

南森立即開車，駛向米爾森家。在他看來，昨晚收音機裏的「預言」變成了現實，那麼再前一天晚上米爾森家房倒屋塌這件事，一定不是巧合。現在還無法了解收音機裏是誰在説話，只有先去米爾森家核實一下情況，把查理家和米爾森家的事件合併起來處理，找到共同點，然後去找事件的製造者。而且南森有很深的感覺，這兩件事都和

魔怪有關，南森要先去看看房屋是怎麼倒塌的，再去找米爾森詢問情況。

從倫敦西南的沃金地區到倫敦南部的奧瓦路，距離倒是不遠。南森他們很快就趕到了奧瓦路。奧瓦路兩側，都是一幢幢的獨立房子，樹木又高又大。沿着奧瓦路開了不到十分鐘，前方，有一所幾乎被砸成兩段的房子，周圍還拉着警戒線。

「就是那裏——」本傑明指着那所房子説。

南森把車開到路邊停下，大家都下了汽車，來到了房子前，這所房子距離左右鄰居都有二十多米的距離。

「麥克警長説過兩天會有人過來拆掉這所房子。」海倫看着那淒慘的房屋，「他説是房子後的一棵大樹倒下砸中房子，大樹有些枯萎了，事發當晚就被清理走了。」

南森向房屋的後面走去，屋後有一大片空地，空地上有幾棵高大的樹木，最靠近房子的地方，有一個大坑，坑裏還有幾根樹木的斷枝。南森走了過去，蹲下去看那大坑，大坑距離房子大概有十米的距離。

這時，保羅跑了過來，他走到南森身邊。

「博士，麥克警長把事故資料全部發送到我的系統裏了，我已經看了大概，説這棵樹在多年前被雷電擊中過，

然後就枯萎了，昨天突然倒下來砸中了房子。」

「這個坑就是樹根位置，應該是工人把樹根也挖出來了。」南森說着站了起來，「老伙計，你沒有在這裏發現到什麼魔怪痕跡吧？」

「沒有，我一來這裏就打開了魔怪預警系統。」保羅搖着頭說。

「這是被清理過的現場，也是被當做一宗意外事故清理的現場，所以找到什麼痕跡的可能性不大。」南森說道，「不過這樣一棵大樹，儘管是枯樹，突然倒下來的可能性也不大，如果枯樹有危險，房主距離這麼近，會有所發現並報警的。」

「博士，你是說這棵樹倒下來也不會是無緣無故的？」海倫問道。

「是的，其實和剛才那個河狸水壩被摧毀是一樣的。」南森語氣平靜中帶着猶疑，「看上去都是意外，其實不然……這樣，我們再去看看房屋受損的情況，然後去旅館拜訪一下房主米爾森夫婦。」

他們圍着房子轉了兩圈，房子損毀嚴重，如果當時米爾森夫婦在被大樹砸中的位置下，那是極其危險的。保羅還向房屋的周圍發射了探測信號，但是沒有什麼結果。

大家上了南森的車，前往不遠處的一個旅館，那是米爾森夫婦被安置的地方，具體地址麥克警長已經發到了保羅的系統裏。米爾森夫婦是一家三口住的，事發時孩子去上學了，家裏只有米爾森夫婦兩人。

大家很快就到了旅館。他們來到了米爾森夫婦住的房間，按下了門鈴。很快，房門被打開，高大的米爾森先生

出現在大家面前。

「嗨，你們好，剛才警方給我打電話，説魔法偵探要來拜訪……」米爾森很驚奇地看着南森，「先生，我看過你的電視節目，你來我這裏幹什麼？要我去你那裏工作嗎……啊，你們先進來。」

南森他們進到房間裏，米爾森太太也在。南森看了看居住的環境，米爾森説他們要在這裏住兩個月，他們的房子要完全推倒後，重新蓋一間了。

「……其實我們來，是想了解一些情況，房子被砸壞這件事，大概沒有原先想的那麼簡單。」南森把話轉入了正題，「你們房子後面那棵枯樹，有沒有搖搖欲墜的情況？你們事先一點就不知道嗎？」

「完全沒有。」米爾森説，「一年多前被雷電擊中後，就枯死了，但是樹幹完全沒有問題，就像是一根木樁一樣立在那裏，我也檢查過了，一時半會根本不會倒，所以就沒有在意，要是發現有危險，我們早就報警處理了。」

「那你們對那棵樹倒下沒有一點疑心嗎？」

「那天風比較大，我們覺得可能是風把樹給吹倒了。」

「樹是從什麼地方倒下去的，半截還是下部，或者連根拔起倒在房子上？」

「距離根部大概有兩米的距離，斷裂了。」米爾森比劃着說，「好像是那一段的內部枯萎了，或者被蟲子蛀了，反正就是從那個位置斷了，正好砸在我的房子上。」

「是這樣呀。」南森輕聲說，「那麼最近，你有沒有得罪過什麼人呢？」

「這個……」米爾森愣了一下，「南森先生，這有關係嗎？你是覺得有人把樹砍倒了陷害我？」

「砍樹不可能，砍樹會被你們發覺的，你們不就在屋裏嗎？」南森擺擺手，「有其他可能性，我們要全面評估，所以了解得越多越好。」

「我沒有得罪過誰，不過要是有人故意和我過不去，我也就沒辦法了。」米爾森的態度有了些變化，「有些事情每個人的看法不一樣，這你知道……」

南森雲裏霧裏地看着米爾森，不是很清楚他在說什麼。

「我們在後院燒烤，音響搬出來放音樂，聲音可能稍微大了一些，被鄰居投訴，警察來了幾次。」米爾森太太在一邊小聲地說。

「閉嘴──」米爾森轉身瞪着他的他的太太，「我會和南森先生說的……」

米爾森太太立即低下頭，看樣子她有些怕米爾森。

「我還沒有向他們收取音樂欣賞費呢。」米爾森滿不在乎地對南森說，「我播放的可是大明星的演唱會，再說音響要體現出效果，聲音就是要大一些。」

「那麼鄰居們有沒有對你採取過什麼過激的行為呢？」南森有些無可奈何地問。

「沒有，他們敢？」米爾森有些怒氣地說道。

「鄰居們有沒有會魔法的人？」

「沒有，都是在公司上班的人，還有中學老師。」米爾森搖着頭，「據我所知都是普通人，不會像你們那樣，在天上飛來飛去的。」

「那麼最近你有沒有去過例如墓地、老屋，或者深山峽谷這種地方呢？」

「沒有，我有個修車行，我在那裏上班，我基本上每天都去，最近沒有去過別的地方。」米爾森聳了聳肩，說道，「南森先生，你問這個幹什麼？你說墓地這種地方……你又是魔法偵探，你不是懷疑我家被砸和魔怪有什麼關係吧？」

「的確如此，我們不能排除魔怪作案的可能性，所以要了解你在這方面的情況。」

「我可沒和什麼魔怪接觸過。」米爾森滿不在乎地笑了，「我們家後面的樹林裏，有個狐狸洞，給我燒了，不過那可不是魔怪，要是燒了魔怪的窩，我早就完蛋了，等不到現在了。」

　　「是狐狸洞嗎？」南森皺起了眉毛，「你燒了狐狸洞？」

　　「當然是，我都看見狐狸尾巴了。」米爾森有些得意，「我可不喜歡這種狡猾的動物在我家附近。」

　　「噢，這種事還是報告市政管理部門處理比較好。」南森説道，「他們有妥善的辦法對待這種小動物，而不是燒掉巢穴這樣處理。」

　　「好吧，如果再有狐狸來，我就去報告。」米爾森笑了起來，「不過我想不會再有狐狸來了，他們都怕了我了，哈哈哈……」

　　南森又問了兩個問題，聽上去米爾森的回答也沒有什麼價值。南森告訴米爾森，想起什麼感覺奇怪的事，就和他聯繫。隨後，南森帶着小助手們離開了。

第六章　即將發生的攻擊

回到偵探所，已經是下午了。回來的路上南森就沒什麼話，一直在思考着問題。到了偵探所，南森讓大家稍微休息一會，他要開會，把今天的事疏理一下。本傑明一回去先坐在了收音機旁，等着那個頻道再次傳出聲音來，儘管保羅告訴他南森已經在收音機裏加裝了微型通話器，只要那個頻道有聲音，自己就能聽到。本傑明摸了摸收音機，由於連續開着，收音機都有些發熱了。

南森回去後在電腦上查詢了一些資料，隨後，他把小助手們召集起來，接下來，其實毫無疑問就是案情分析會了。

「大家跑了一個上午了，兩個受害者家都去過了。」南森説着看了看那台收音機，「收音機還開着，不過『正義使者』可能還要在晚上九點半後才出現，你們怎麼看兩個房子受損的事呢？其實米爾森夫妻是僥倖躲過一劫，要是在大樹倒下的地方站着，後果是不堪設想的。」

「博士，我先説一下……」海倫舉了一下手，「這兩

件事，單獨地看，也許是普通的意外事故，但是合併在一起看，尤其是還有廣播電台裏的『正義使者』那些話，我覺得操縱痕跡太明顯了，不會是巧合。」

「對，在我們魔法偵探的字典裏，沒有『巧合』這兩個字。」南森點了點頭，「那麼你們覺得，操縱者是誰呢？」

「我覺得是魔怪。」本傑明看了看大家，「很簡單，我是從破壞力度來看的，一，查理家那裏，只有瞬間摧毀水壩湧出的大水才能猛沖那所房子，而瞬間摧毀一座河狸的水壩，不使用炸藥是不可能的，河狸為了保護自己的巢穴，會築造水壩，抬高水平面，確保自己巢穴入口在水面下，這樣那些陸地上的天敵就無法進入巢穴了，所以牠們築造水壩就會選用大量粗樹枝，一層層地堆建起來，耗工耗時，非常堅固，除非用魔法手段，否則無法快速摧毀。二，米爾森家也是，一年多前開始枯萎的樹，會先變成一根木樁，不會這麼快就腐朽倒下。」

「本傑明總結得很好。」南森讚許地說，「非常準確，兩件事的破壞力能體現出魔怪作案的可能性，再用收音機裏的對話串聯起來，這應該就是魔怪作案，所以說收音機裏對話的，是魔怪。」

「博士，怎麼才能找到這些魔怪呢？」派恩着急地説，「它們應該是使用了無線電台，佔用了那麼一個廣播頻道，要是登記註冊的電台可以立即找到，但是魔怪不可能去註冊、登記地址的。」

「是的。」南森點點頭，「我剛才也查了一下，現在收音機頻道選擇和早期有很大變化，所以用現在的收音機，是收不到這個頻道的，剛好我們這台老式收音機能收到這個頻道，魔怪應該是使用無線電台進行對話，它們建立了一個通話羣組，佔用了一個古舊、被放棄的廣播頻道，剛好被本傑明用老式收音機給聽到了。」

「魔怪都開始用無線電通訊了。」派恩感歎起來，「聽上去很是驚奇，不過博士，要怎麼找到它們呢？」

「今晚繼續收聽，看看它們還會説什麼。」南森指着收音機説，「我們在沃金的時候，其實距離查理家很近了……」

「對，要是不遇到那個小偷，我們也許能儘快到達查理家，魔怪可能還沒走遠呢，我能搜索到魔怪反應的。」保羅連忙説。

「所以我們晚上繼續收聽那個頻道，看看魔怪這次還要幹什麼。」南森環視着大家，「如果提前得知魔怪在哪

裏作案，我們可以提早部署，人手不夠可以叫魔法師聯合會來幫忙，只要知道它們在哪裏出現，我們就行動。」

「嗯，提早部署，多帶幽靈雷達，魔怪只要前往，我們就能鎖定它們。」本傑明很是興奮。

「博士，我有個感覺，似乎和這兩宗案件有關……」海倫頓了頓，「兩個人，查理和米爾森，人際關係似乎都不太好，兩人似乎都很暴躁。」

「這是他倆的性格，和案件沒什麼大關係吧？」派恩不在乎地說，「他倆和魔怪沒接觸過。」

「但是魔怪為什麼要針對他們呢？」海倫反駁道，「我們確定事件都是魔怪所為，『正義使者』也說了，它們的行為是報仇，可見兩人一定得罪魔怪了。」

「你說的這點我也知道，但是他倆要是得罪魔怪，魔怪的反應可是殘暴的，不會弄這些大樹砸房子，大水沖房子的事情，會直接報復他倆的。」

「也許是怕兇狠的報復會引來魔法師。」海倫說。

派恩不說話了，似乎被海倫駁倒了。

「海倫說得也有道理。」南森平靜地說，「不管怎樣，晚上收聽那廣播，我們就可能有收穫了。」

「這個自稱正義使者的傢伙，一定會出來的。」本傑明

明語氣堅定地説，「博士，現在能確定這是一夥魔怪了，那麼要是再發現魔怪的行蹤，我們要多找些魔法師，我們幾個人是管不住一大片區域的。」

「嗯，沒錯。」南森點點頭，「現在看，有這台收音機，裏面的『正義使者』還會提前通知第二天活動的區域，這算是『預言收音機』呀。」

整個下午，大家都關注着收音機，唯恐那裏傳出來什麼聲音沒有及時聽到。不過那個「正義使者」似乎很守時，下午並沒有任何聲音傳出。晚上，八點一過，本傑明率先緊張起來，他很想聽到收音機裏的廣播，但是又怕那個「正義使者廣播電台」停止「播音」。

九點多，海倫和派恩也來到茶几旁邊，坐在沙發上，看着那台收音機，等候着「正義使者」的出現。九點半一到，保羅準時來到茶几前，抬頭看着那收音機。

博士站在保羅身後，看了看茶几上的電子時鐘，九點半剛過，收音機裏傳來幾聲響動，隨後，「正義使者」的聲音傳了出來。

「嗨，大家好呀，這回很準時吧？哈哈哈……正義使者廣播電台，正義使者廣播電台，我是正義使者，不用抱歉了，因為這次很準時……大家好，有仇報仇，有冤申

冤，無冤無仇當聽眾呀，嗨，勺子，你在嗎？今天十點你去看了演出嗎？」

「正義使者呀，你好，我是沃金社區的勺子。」收音機裏，「勺子」激動地喊着，「全都看到了，胖傢伙的家被沖垮了，可算是報仇了，正義使者，你可太棒了，太感謝你了。」

「小意思，我正義使者就是要幫助大家。」正義使者得意地說。

「我當時在胖傢伙家左邊的大樹上，正義使者，我沒有看到你呀。」勺子問道。

「我在水壩旁邊，你看不到我的，事情成功我就立即離開了。」正義使者說。

「我也是……」勺子似乎有些擔心，「正義使者，你要小心安全呀。」

「放心吧，我是誰？我是正義使者呀，我是天下第一超級無敵的正義使者……」正義使者叫喊起來，雖然不見面，大家都能感到它那得意的樣子。

本傑明似乎聽到了熟悉的聲音，他看了看派恩。派恩的表情看起來有些尷尬。

「正義使者呀，你聽到我的話嗎？我是伍德格林社區

的『酸黃瓜』。」收音機裏，一個陌生的聲音傳來，「我很早就向你申請了，我要報仇，假紳士一家害得我們很慘呀⋯⋯」

「『酸黃瓜』嗎？我知道，我記得你。」正義使者的聲音傳出來，「假紳士的情況比較複雜，他家周圍沒什麼可以利用的，我最近一直在觀察，不過我找到機會了，明天上午八點半，你去進城的A105公路和威麥克路交叉口那裏，注意一輛黑色平治汽車，那就是假紳士的汽車，到時候，哈哈哈⋯⋯」

「還是不能說你的手段嗎？」『酸黃瓜』問道。

「那當然，說出來你們的驚喜感就沒有了，神秘感也沒有了。」正義使者回答說，「但是我有小提示噢，『轟隆隆呀聲音大，假紳士拚命地慘叫——』。」

「好，我記住了，『轟隆隆聲音大，假紳士慘叫』。」「酸黃瓜」連忙說，「報了仇，下次見到你，我送你幾條酸黃瓜吃。」

「本正義使者不求回報。」正義使者大聲地說，「本正義使者完全是免費報仇，因為本正義使者看不過去假紳士和胖傢伙這些人的惡劣手段。」

「謝謝你，正義使者。」「酸黃瓜」很是感激地說。

到底「正義使者」接下來會做些什麼？

「正義使者，我真的很感謝你。」「勺子」的聲音又傳來。

「不用客氣，沒有什麼別的事，本次廣播到此為止，明天早上我還有工作要做呢。」正義使者說，「多謝大家相聚在這個頻道，正義使者廣播電台今天通話結束，大家晚安，明天再見。」

「再見。」

「再見。」

收音機裏傳出一片告別聲，隨後，廣播結束，再也沒有聲音傳出來。

「派恩，這個傢伙是你失散多年的兄弟吧？」本傑明稍微等了幾秒鐘，再沒有聲音傳出來，本傑明瞪着派恩，「什麼天下第一，什麼超級無敵，和你的口氣一樣。」

「它是自誇自大，我是貨真價實。」派恩叫了起來，「再說，它對自己的描述和我類似，是一種巧合，巧合你知道吧？」

「沒那麼多巧合，你們是兄弟……」本傑明不依不饒。

「伍德格林地區……」南森打斷了他們的話，「是不是在我們的北面呀？」

「是的，倫敦北部的郊區，離我們這裏有十幾公里。」保羅晃着頭說。

「『轟隆隆，轟隆隆』，你們認為是什麼？」南森看着大家。

「是不是正義使者要挖個陷阱呀，把要謀害的物件，就是那個被叫做假紳士的人的汽車陷進去。」本傑明想了想，說道，「汽車掉進陷阱裏，聲音可以是『轟隆隆』的。」

「那邊是個丘陵地帶，有一些小山。」海倫說道，「也許是用山上的石塊攻擊，石頭滾下來的聲音也是『轟隆隆』。」

「放倒一棵大樹，砸向汽車，就像砸中房子一樣，聲音也是『轟隆隆』的。」派恩忙不迭地說道。

「根據前兩次情況判斷，這個魔怪善用便利條件，盡量把案件做成自然事件，它也怕引來魔法偵探調查。」南森緩緩地說，「所以，海倫的說法比較準確，山石滾落應該更加自然，挖坑會被發現，放倒大樹砸汽車難度太高。」

「博士，我們必須阻止它，石頭擊中行駛中的汽車，後果不堪設想。」海倫急切地說。

　　「阻止它，抓到它。」南森説着走向電話，「我這就聯繫魔法師聯合會，明天整個伍德格林地區，尤其是那個路口，我們要布下層層密網。」

第七章　空中懸停

第二天一早，南森他們不到七點就出發了，到達伍德格林地區的時候，還不到七點半。在距離A105公路和威麥克路交叉口一公里的一個郊區巴士站旁，南森把車停下。三個魔法師從巴士站走了過來。

「亨德森——」南森搖下車窗玻璃，向為首的魔法師招了招手，他們互相認識，亨德森是倫敦魔法師聯合會執法部的執法官。

「博士，我們也剛到沒幾分鐘。」亨德森走過來，站在車窗外，南森沒有下車，「現在整體情況是，我們昨晚接到你的通知後，立即部署了，我們有十五個魔法師參加本次行動，路口那裏我們會安排七個人手，其餘的八人開着車，環繞着伍德格林地區形成一個周邊的機動包圍圈，隨時應對可能出現的情況。如果魔怪前來，有可能被這些魔法師先發現，然後通知我們，當然由於他們的包圍間距大，魔怪有可能在不被察覺的情況下跑進來。」

「好，今天的重點在路口這裏。」南森看着前面，

前向走一公里就是那個路口了，「我們昨晚研究了地圖，那個路口的東側是個小山丘，岩石結構的，是那裏的唯一高點，魔怪可能從上面推下石塊，另外有個叫『酸黃瓜』的魔怪會在路口觀看，所以我們要分成兩路，我們偵探組在山丘附近藏起來，準備抓捕作案的魔怪，你們先在我們的旁邊，『酸黃瓜』一來，你們就隱身圍過去，準備抓捕它。到時候我們一起動手。」

「好的。」亨德森點着頭説，「對講機你們準備好了嗎？我們校對一下頻道。」

「我們帶着呢。」海倫把頭從後排車窗伸出來，揚了揚手中的對講機。

海倫和亨德森校對了頻道，通話成功，他們一旦分開，會用對講機聯繫。

南森他們昨晚已經看好了隱蔽地點，那就是小山丘的南側，距離山丘不到三十米，有一個候車站，候車站的後面，是一片樹林。南森把車開到A105公路的一個岔路上，停在路邊。隨後和小助手們下了車，開始向目標地點走去，亨德森他們等了兩分鐘，也向目標地點走去。

南森他們先到達了候車站後邊的樹林，這是一片密林，密林裏非常昏暗。完全看不到附近的那座山丘。保羅

一直開着魔怪預警系統，一旦有魔怪接近，他就會立即知曉。此時是七點半剛過，魔怪應該還沒有前來。

不一會，亨德森和兩個魔法師到了，隨即，他們用對講機叫來了四個早就潛伏在附近的魔法師。

南森他們全部隱蔽在樹林中，等待着魔怪的到來。樹林外的A105公路上，因為臨近上班時間，車輛開始多了起來。

八點多了，本傑明焦急地看了看手機上的時間，他用幽靈雷達對着旁邊的山丘探測了一下，魔怪還沒有出現，但是根據正義使者昨晚的對話，他在八點半就要行動了，本傑明很是擔心魔怪不來。

「對面，樹林裏，有魔怪反應——」保羅突然叫了起來，「怎麼突然出現了？沒有一點預警，它距離我們一百多米。」

「樹木太密，我的信號微弱——」派恩手中的幽靈雷達指着對面，着急地説。

「亨德森，你們慢慢走過去，包圍它。」南森指着對面，「你們看，對面也有個候車站，你們就當做去候車的行人，魔怪不知道你們是魔法師。你們不要一次都過去，先過去三個，就等在候車站，另外四個人過去後繞開，去

樹林裏包圍它，記住千萬不要靠太近。」

「好的。」亨德森點點頭，隨後看看剛才兩個一直和自己在一起的魔法師，「我們先過去。」

亨德森和另外兩個魔法師小心地走出樹林，來到南森這邊的候車站那裏。亨德森假裝看了看站牌，隨後向兩個魔法師打招呼，沿着路向前走了五、六米，前面是一條斑馬線，他們要從斑馬線上走過去，到達對面的候車站。

就在這時，保羅向南森報告，山丘後面，又有一個魔怪信號出現，很微弱，但是確認是魔怪信號，這個信號出現得同樣很突然，一般魔怪信號在八百米外就會被保羅鎖定，如果有強烈的遮擋干擾，保羅也會在四百米外的距離發現，但是這個魔怪信號突然出現在一百五十米外的山丘後。

南森立即叫大家小心隱蔽。兩個魔怪都出現了。此時，亨德森則和兩個魔法師站在馬路邊，看到對面的交通信號燈變成綠色，於是開始過馬路。

亨德森走在第一個，這時，一輛小汽車的駕駛員也許是為了趕路，突然開過來，沒有停下，直闖紅燈，對着亨德森就衝了過來。亨德森一愣，小汽車駕駛員意識到了要撞到行人了，猛踩剎車，小汽車的輪胎發出淒厲的摩擦

聲，引得大家驚恐地看過去，但是慣性原因，汽車剎不住了，對着亨德森直撞過去。

亨德森知道小汽車剎不住了，他原地起跳，身體直直地拔地而起，就在汽車撞過來的剎那，飛起十幾米高，並在空中懸停。

「吱——」的一聲，小汽車猛地停下，駕駛員臉色蒼白，驚魂未定，他看到亨德森飛起，一下就不見了。

亨德森還在空中懸停，要不是及時起飛，他就被撞飛了。南森透過樹林的枝葉，大概看到了這一幕，由於太突然，南森也愣住了。

「嘶——」對面樹林裏，傳來一個又細又尖的聲音。

「博士——魔怪不見了——」保羅突然小聲説道。

「哪一個？」南森連忙問。

「對面那個……」保羅隨即大喊起來，「啊，山丘後面那個也不見了——」

「你們過去追——」南森立即對樹林裏的四個魔法師説，「通知周邊魔法師，搜索圍堵魔怪。」

四個魔法師立即向對面跑去，其中一個邊跑邊用對講機通知在周邊機動設圍的同伴。

南森向山丘後揮了揮手，保羅第一個跑出去，他們一

73

起去追山丘後的那個魔怪。他們沒有爬上山丘，而是繞過了山丘。山丘後也是一片樹林，保羅跑到一棵大樹下，激動地圍着那棵樹跑了兩圈。

「博士，就是這裏，剛才魔怪大概出現在這裏，但是一下就沒有了，剛才那個『嘶』的聲音，是候車站後面的魔怪給它發的信號。」

「看看它能到哪裏去？」南森很是焦急地看着周圍，這裏只有幾棵樹，地面上是樹枝和野草，還有一些土塊，「加強搜索強度，看看能不能找到它。」

海倫、本傑明和派恩已經用幽靈雷達四處探測了，但是沒有任何結果。保羅也四處跑着，努力找尋着魔怪信號，但是那個魔怪消失後，一切都找不到了。

「博士——博士——」南森手中拿着的對講機傳來聲音，「我是亨德森，我們這邊一無所獲，魔怪已經消失，魔怪已經消失——」

「收到。」南森很是無奈地説，「周邊魔法師有什麼消息？」

「目前沒有，有消息會立即通知我們的。」亨德森的語氣中同樣充滿無奈，還有懊悔。

「在那裏等着，我們現在就過去。」南森説道，「通

知警方，剛才闖紅燈的車一定要扣住，檢查車主是否故意，是否和魔怪有聯繫……」

「已經報警，車輛還停在那裏。」亨德森回答道。

南森他們又在原地找尋了一會，什麼都沒有發現。他帶着幾個小助手原路返回，去亨德森那邊看看情況。已經過了很長時間了，周邊的魔法師們都沒有消息傳來，魔怪應該早就逃走了。

回到小山丘旁的樹林裏，南森他們從樹林走出來，來到樹林外的街道上。只見兩輛警車停在路邊，一個年輕的男子對警察激動地解釋着什麼。

「……是的，我大意了，我上班來不及了，所以我闖了紅燈……我看見那個人要過馬路，我以為他還要等一會再過去，我就直接開車過來了，那人飛了起來，我沒有撞到他……」

南森簡單看了那個年輕人幾眼，他肯定不是魔怪，否則保羅早就探測出魔怪信號了。同時，這人看上去也不像是巫師，看上去他和這件事並沒有聯繫，就是一個違反交通規則的人。

南森對海倫使了眼色，海倫走過去，站到了一邊，監視着那個年輕人。南森則帶着另外幾個小助手越過馬路，

進到對面的樹林裏。

　　他們走進樹林幾米，就看到亨德森和那幾個魔法師站在一塊小小的空地上，全都眉頭不展的樣子。看到南森來到，亨德森指了指空地。

　　「我們的幽靈雷達鎖定魔怪出現的位置，大概在這裏。」

　　「追蹤的情況呢？」南森看了看那塊空地，空地上都是雜草，「沒有發現一點點蹤影？」

　　「衝進來就什麼都沒有了，魔怪信號在雷達上消失了。」一個手裏拿着幽靈雷達的魔法師說，「我們四下找了找，最遠跑出去五、六百米，但是什麼都沒有發現。」

　　南森點點頭，隨後彎下腰，他揀起來地上的一個土塊，然後用手捏碎。土塊略有潮濕，南森隨後又用腳踩了踩地面。

「亨德森，剛才那輛車是怎麼回事？」南森抬頭看了看亨德森，「你沒有受傷吧？」

「那輛車闖紅燈，眼看就撞到我了，我只能飛起來自保。」亨德森說，「我看到了那個司機，絕對不是魔怪，也不像是巫師，應該是一個普通人。他為什麼撞我，是不是和魔怪有勾結，那就不知道了，他跑不了的。」

「我知道，警察在問話了。」南森說道，「我讓海倫守在那裏了，不過看上去的確不像是個巫師，一會我過去看一下，如果他和魔怪有勾結，一條新線索也就出來了。」

「博士，這個樹林裏的魔怪來去很快，而且我們跟蹤設備都跟不上，魔法一定很高。」亨德森說。

「是的。」南森點點頭，「周邊的那些魔法師沒有什麼消息傳來嗎？」

「沒有，我們問過兩次了。」

「嗯，魔怪應該是跑了。他們的任務解除吧。」

「博士，我剛才是下意識的行動，汽車撞上來，我要自保。」亨德森帶着些愧疚說，「我的騰空行為一定被魔怪發現了……」

「你不必自責，換誰都會這樣的，魔法師被高速衝

上來的汽車撞擊，同樣危及生命。」南森擺了擺手，「魔怪因此發現你懸停的動作，並呼叫同伴逃走，這事不能怪你，事發那麼突然，你這樣的自保動作是應該的，完全合理的。」

「可是接下來……」亨德森焦急地看着南森，「魔怪知道有魔法師跟蹤它們了。」

「這個也不一定，你並沒有別的動作，也許是路過的，它們也有可能這樣想。」南森安慰道，「總之，沒關係，我們辦案過程中會遇到各種情況。大家可以先解散了，不過你現在跟我去警察那一下，你是剛才交通事故的受害者……」

大家並沒有解散，而是都跟着南森和亨德森一起來到路邊，警察已經問完了話，那個年輕人沒精打采地站在路邊，等候進一步的處理。

南森走過去，先是對兩個警察説明了身分，並把事情的經過告訴了他們，警察説年輕人叫威爾明，自稱是因為趕着上班，時間來不及才闖紅燈。隨後兩個警察開始詢問亨德森剛才的事發經過，南森則走到威爾明身邊。

「威爾明先生？」南森問道。

「是，我是。」威爾明很是有些惶恐地看着南森。

「我是倫敦魔幻偵探所的南森，我要了解一些情況。」南森自我介紹地說，他直直地盯着威爾明，「剛才你闖紅燈，沒錯，差點被你撞到的人是個魔法師，所以才飛起來避禍。你為什麼闖紅燈？」

「昨晚忘了加油，早上上班去了加油站，前面排了幾輛車，因此耽誤了一會。」威爾明垂頭喪氣地說，「後來路上又堵了幾分鐘，早上有個重要客戶要來我們公司，我看着要遲到，所以就開快車，還闖紅燈，當時我覺得那人可能會避讓我一下，所以就開過來，沒想到他應該是沒注意到我，結果……」

「你犯了嚴重的錯誤，還好那個行人是魔法師。」南森說着伸手拉了一下威爾明，「站到行人路上，不要再犯錯誤了……」

威爾明連忙站到了行人路上，南森則有看看他，轉身走了。威爾明似乎還有話和南森說，但是看到南森走開，無奈地聳聳肩。

事故現場，交給了警方處理。那邊，亨德森的問話也結束了。大家都離開了現場，亨德森和魔法師們回魔法師聯合會，南森則開車帶着小助手們回偵探所。

「那個叫威爾明的肇事者，不是魔怪，也沒有和魔怪

接觸過的痕跡，我剛才仔細觀察過。」南森一邊開車一邊說，「另外，他也不是巫師，我剛才故意拉了他一下，正常人，沒有巫師身體那種力量和剛硬。」

「就是説他是一個普通人，不是刻意掩護魔怪？」海倫問。

「是的，從他這裏找不到線索的，這是一次意外事故。」南森點了點頭，「你們可能認為這個人破壞了我們的一次行動，但是即便亨德森他們走過去，也比較難抓到那個魔怪，魔怪的出現和消失都很突然，移動性非常強。」

「就是説如果山丘後的魔怪沒有接到信號，我們過去後也很難抓住魔怪？」海倫又問。

「是這樣的。」

「博士，魔怪抓不到，但是還有一條線索，就是黑色的平治車，魔怪就是來對付那輛車的，找到車主應該能挖出些什麼。」本傑明一直在思考着這個問題。

「關鍵是八點半的時候我們都不在那個路口，而且這個區域的平治車一定不會只有一輛，在A105公路上開的也不會只有一輛。」南森想了想説，「不過我可以請警方幫忙，找一找這輛車，這個方向的努力不能斷⋯⋯」

第八章　攻擊暫停

南森他們回到了偵探所，小助手們都表現得有氣無力的。派恩一回來，喝了幾口水後，乾脆就癱倒在沙發上，似乎很累的樣子。

本傑明回去後，打開電腦查詢起來，他看了看收音機，那台收音機還在茶几上，還是開着的。

「不用都這麼無精打采。」南森看到大家的樣子，淡淡一笑。

「眼看就要抓住了，即便沒有抓到，距離靠近些，我也能準確探測出是什麼樣的魔怪，但是距離遠，有樹林和山丘遮擋，我只能探測出是魔怪。」保羅趴在沙發上，很是遺憾地說。

「老伙計的話確實很有道理，如果能明確是什麼樣的魔怪，對我們的抓捕也很有幫助。」南森一直是一副很平靜的表情，「不過我們的線索並沒有中斷呀，晚上九點半，我想它們還會利用這個頻道交談的，再聽聽它們說什麼，應該還有有用的資訊。」

「博士，今天算是驚動它們了。」保羅疑惑起來，「簡單說說今天的經過，就是我們埋伏好了，只等着魔怪前來，魔怪的確也來了，結果我們移動的時候，亨德森使用魔法避開闖紅燈的汽車，淒厲的剎車聲引起了魔怪的注意，隨後亨德森飛起十幾米並懸停，這些魔怪都看在眼裏，當然害怕了，於是用口哨呼叫同伴撤離，我們的行動失敗了。這裏面的關鍵是，魔怪發現了魔法師了，也就是知道我們去抓它們的。」

「但是它們不可能知道使用收音機進行聯絡的辦法被我們發現了。」南森指了指收音機，「它們利用現代廣播電台棄用的頻道進行通話聯繫，是本傑明偶然間發現的。

亨德森展現了魔法，被認定是魔法師，這個沒錯，但是亨德森也許是路過的一個魔法師，它們不會因為亨德森飛起來懸停就認定亨德森一定是衝著它們去的，所以因為這兩點，它們仍然利用這個頻道對話的可能性還是很大的。」

「那就是守著這部收音機，我們還是能找到它們的。」派恩興奮地從半躺狀態坐立起來，「我其實也覺得它們還會出現在這個頻道上……」

「因為你是天下第一超級無敵魔幻小神探。」本傑明冷冷地說，「我幫你把話說了。」

「反正我就是這樣想的。」派恩比劃著說。

南森的話的確起了作用，小助手們全都振作了起來。大家又摩拳擦掌的了。

晚餐過後，大家全都聚集在客廳裏，那台收音機靜靜地擺在茶几上，大家都相信魔怪還會出現在那個頻道上。

「它們今天沒有對那輛平治車下手，明天應該還有所行動。」派恩在茶几旁走來走去地，發表著自己的看法，「明天我們可千萬小心了，千萬不要再跑出來哪個冒失鬼破壞我們的行動。」

「沒那麼簡單吧？」海倫說道，「博士只是說魔怪還會利用這個電台，但它們畢竟也算是受到了驚嚇，下一步

怎麼行動還很難説呢。」

「有道理，有道理。」保羅説道，「我同意海倫的看法，我覺得它們再次出動的概率在百分之四十左右，這是我最新統計的結果。」

「啊？這可不高呀。」派恩聽到這話，彷彿又開始無精打采了。

九點多，南森也圍到了收音機旁。大家誰都不説話，只是看着那台收音機。收音機裏，只有低微的電流聲，這個時候，緊張的氣氛在房間裏彌散開。

九點半一過，本傑明和派恩都瞪着眼睛盯着收音機了。大概過了一分鐘，什麼聲音都沒有，本傑明恨不得把頭扎進收音機裏。

「正義使者廣播電台，正義使者廣播電台──」收音機裏突然傳出了呼叫，「我是你們的正義使者，抱歉稍晚了一會，我來了……」

「正義使者嗎？我是『酸黃瓜』，我還以為你被魔法師抓走了呢。」「酸黃瓜」激動地的聲音傳來，「還好你出現了。」

「我怎麼可能被抓走？我聽到你的警報信號就立即跑了。」正義使者滿不在乎地説，「不過你為什麼發出警報

信號？」

「我按照你的吩咐，去路口那裏等着看你怎麼對付『假紳士』，剛到那裏不久，就聽到剎車聲，我透過樹林一看，一個人差點被闖紅燈的車撞到，他居然飛起來十幾米高，而且在空中懸停，明顯就是魔法師呀。」「酸黃瓜」忙不迭地解釋起來，「我當然就發警報了，會不會是衝着我們來的呀？我覺得很有可能。」

「噢，原來是這樣。」正義使者說，「有道理，這個時候這個地點出現魔法師，可能是針對我們的……」

「我是『西瓜』。」收音機裏傳出來「西瓜」的聲音，「正義使者，酸黃瓜，魔法師怎麼會知道我們的行動呢？」

「這個……」正義使者緩了緩，「我也不太清楚了，我做的是正義的事，不會有誰去報告魔法師的，也許……那只是個路過的魔法師。」

「也有可能。」「西瓜」跟着說，「那魔法師也就是飛了起來，又沒有抓我們。」

「也許是我太緊張了。」「酸黃瓜」有些抱歉地說，「哎，沒有報仇，讓假紳士跑了。」

「『酸黃瓜』，你很警覺，也沒錯。」正義使者說，

「總之，不管是不是針對我們的，我們的復仇行動先停止幾天，看看情況再説，我們要小心，魔法師會管這種事的。」

「是要暫停幾天了。」「酸黃瓜」很是贊同地説，「那什麼時候報復『假紳士』？還在那個路口嗎？」

「過幾天再看，應該還在那裏，也許換地方。」正義使者説道，「解決好你的問題，接下來是『老藍莓』，『老藍莓』在嗎？」

「在，我在，一直聽着呢。」叫「老藍莓」的魔怪説道，聽上去它的聲音確實很老。

「你的事還要往後拖了，現在出現問題了。」

「我知道，拖些日子沒問題。」「老藍莓」很是大度地説。

「正義使者，那明天還播音嗎？」「酸黃瓜」問。

「播音呀，誰有了冤屈就報告過來，我先登記上。」正義使者説，「就算沒有冤屈，大家也可以聊些別的事呀。」

「好，明天準時來。」「酸黃瓜」高興地説道。

「準時來……」「西瓜」和「老藍莓」等跟着説。

「那麼本次播音結束，大家晚安，正義使者廣播電

台，明天見。」正義使者結束了播音，和大家道晚安。

收音機裏，一切恢復了平靜。

大家相互看了看。果然，如南森預料的，電台的通話沒有結束，正義使者也不知道它們的通話被人聽到了，同時也沒有肯定亨德森就是去抓它們的。

「明天它們倒是還會通話，可是它們也都說了，這些天不會出來行動了。」本傑明靠在沙發上，很是憂心地說，「去哪裏找它們呀？」

「博士，怎麼倫敦周圍突然冒出來這麼一羣魔怪？」派恩想到了一個問題，「我記得倫敦的魔怪早就給抓乾淨了，偶爾有個外來的，或者長年隱居的。」

「也許是新來的。」海倫說，「抓住了就知道了。」

「可是怎麼抓呀？」派恩晃着腦袋，他也是一臉疑惑，「它們這些天不出來活動了，要是停上一個月，我們就要等一個月嗎？時間太長了，這麼一夥魔怪，要是中間出點什麼事，我們可是有責任的。」

「派恩這點說得對，我們不能等下去。」南森的語氣有些沉重，「下一步，我們要找到這些魔怪，抓住它們。」

「怎麼找呢？」派恩想了想，「不知道開平治車的

『假紳士』被找到沒有，他那裏可能有點線索。」

「也有可能和前兩個受害者一樣，提供不出什麼。」海倫説，「而且僅憑平治車這點，找到『假紳士』也困難。」

「我們都想一想辦法。」南森看看大家，「可不要灰心呀，辦法總是有的。」

説着，南森走到自己的辦公桌後，坐下，打開了電腦。幾個小助手還圍在茶几旁，本傑明看着收音機，腦子裏想着怎麼找到魔怪。

派恩和海倫説了幾句話，回到自己的房間。海倫也去到辦公桌後，打開電腦，調出一張倫敦地圖，她把魔怪作案的三處地點標記成紅色，看着地圖，想找出些規律，但是想了半天，也沒有什麼成果。

本傑明也是一樣，想了半天，也沒想到什麼辦法。晚上十點半多，他感到有些睏了，但是看到南森還在電腦前查找什麼，也不想去睡覺，他還期盼南森有什麼收穫，可以告訴大家呢。

快十一點的時候，南森叫他們都去休息，本傑明心情不是很好，走進自己的房間，休息了。

第二天一早，本傑明起得有點晚，從房間出來，他看

到海倫和派恩都在客廳裏，而且和昨晚不同的是，海倫和派恩都很高興的樣子，保羅也圍着他倆跑來跑去的，很是開心。

「大家早呀，抓到魔怪了？」本傑明隨口問道。

「要去抓魔怪，就等你了。」海倫笑着說。

「啊？」本傑明一驚，他看着笑瞇瞇的海倫，「找到魔怪了？怎麼找到的？這麼快？在哪裏？」

「要一步步找，博士一會要帶我們去戰爭博物館。」海倫一直微笑着。

「戰爭博物館？」本傑明很是吃驚，「這個時候我們還要去逛博物館嗎？」

「噢，本傑明起來了。」南森從實驗室裏走出來，笑瞇瞇的。

「博士，今天要去博物館？也太放鬆了吧？」本傑明連忙說。

第九章　斯托克利森林公園

「戰爭博物館裏，展出着第二次世界大戰的時候，破獲的德國間諜的電台。」南森看着本傑明，認真地説，「我們以前去的時候，看到過。」

「對呀。」本傑明點點頭。

「德國間諜的電台怎麼破獲的？那是軍方用電台定位儀器搜索出了隱蔽在倫敦的德國電台的位置，衝過去把德國間諜給抓住了。」南森繼續説道，「那台定位儀器，也在博物館裏展出，都是老古董了，不過應該還能用，既然魔怪的聲音出現在古老的頻道上，發射給這個頻道的電台一定也是老古董，那我們就用同時代的老古董的電台定位儀器把魔怪電台找出來，因為是同時代儀器，魔怪電台使用的頻道能很快測出來。」

「啊呀，這都能想到。」本傑明大叫起來，「博士，這個辦法太好了，只要它們通話，就能搜索定位它們。博士，這個辦法你是怎麼想到的？」

「慢慢想了，查資料了。」南森有些小小得意地説，

91

「大概到了凌晨的時候，這個辦法就給我想到了。」

「博士說德國間諜用發報機發出『滴滴答答』的摩斯密碼，能被電台定位儀器搜索到位置，魔怪用電台發出直接的聲音，也能被電台定位儀器找到。」海倫在一邊補充說，「只要那個正義使者一說話，我們就能找到它的位置。博士說這次我們先找那個正義使者的電台，那是一個主電台，播音時發射的電波功率最大，容易找。」

「我明白了⋯⋯可是博士，那種電台定位儀器你會用嗎？」本傑明有些擔憂地問。

「那都是過時快一百年的技術，比我們掌握新的技術要容易太多。」南森說着一笑，「而且我在高中的時候，接觸過無線電台，不複雜的。」

「太好了，現在就去。」本傑明急吼吼地說。

「不着急，現在去人家也還沒上班。」南森擺擺手，「關鍵是怎麼才能把人家的展品借出來，我已經聯繫了麥克警官了，他能幫這個忙。」

「這可太好了。」本傑明叫了起來，「博物館的展品都能發揮作用了，這可真讓人意想不到⋯⋯」

早上九點，南森開車帶領大家前往市中心的戰爭博物館，到了以後，麥克警官已經等在門口了，他們直接來到

博物館的辦公室，麥克警官帶來了警方簽出的情況説明和借物手續，博物館方面同意將展品借出。

南森他們在博物館的辦公室裏等着，過了一會，兩個工作人員各捧着一台機器走進來，這兩台機器的組合，就是電台定位儀器了。工作人員説一台小的是信號接收儀器，另外一台是方位顯示儀，兩台機器上都有四個儀錶盤，小助手們看着儀器，都很好奇。

南森把儀器連接上電源，儀器上的電源燈頓時都亮了

起來。南森隨即打開電台接收儀的開關，他戴上耳機，開始調試儀錶盤。

南森調到了倫敦地方新聞台，大家都看着他，他開始進行微調，將倫敦地方新聞台的播音調整到最佳收聽波段上，隨後開始看着方位顯示儀，方位顯示儀上的四台儀錶指標都指向不同的方向。

「老伙計，你記下這個位置……」南森看着儀錶盤，「北緯51度30分31秒，西經00度07分31秒……」

保羅連忙記錄下這個數值。

「博士，這個區域是富勒姆區。」保羅説道，「大概在肯辛頓路交叉阿什普路的地方。」

「再查一下倫敦地方新聞台的地址。」南森看着儀錶盤説。

「肯辛頓路1225號，左側五十米就是阿什普路。」保羅的查詢速度是飛快的。

「沒問題，這台儀器可以使用，定位也比較準確。」南森摘下了耳機，「我鎖定了倫敦地方新聞台的播出信號，然後用儀器搜索電台信號源，結果很快就找到了。」

「那你們很快就能找到魔怪了。」小助手們都很高興，一邊的麥克警官也是，他笑着説，「沒想到這個老古

董現在還能發揮作用。」

「儀器送到博物館裏的展廳，長期不使用，反倒不會損壞。」南森很是滿意地說，「那麼，這機器我們要用幾天了……」

南森他們從博物館借回了儀器。回到偵探所後，本傑明把這台電台定位儀小心地放在了客廳的桌子上，然後把儀器又擦拭了一遍。接通電源後，南森又對儀器進行了測試，完全可以投入使用。

「派恩，現在開始，你不要靠近這張桌子，笨手笨腳的，小心碰壞了機器。」本傑明站在南森身邊，開始教訓派恩。

「你自己小心點吧，還說我。」派恩一臉不高興地說。

「要是給你碰壞了，饒不了你。」本傑明望着儀器，「老古董，現在比什麼都重要……」

「你倆別在桌子邊打打鬧鬧倒是真的。」海倫走過來說，「今天晚上，就靠這台機器了。」

時間過得很快，轉眼就到了晚上。南森把收音機從茶几上搬到了儀器旁邊，收聽和探測，全要在一張桌子上完成。

　　九點半的時候，南森戴着耳機，已經坐在了儀器旁邊，幾個小助手也各自搬了把椅子，圍着桌子坐着。保羅則坐在桌子上，看着收音機。收音機傳出聲音，這邊才能開始鎖定頻道並探測。

　　「嗨——嗨——」九點半才過幾秒，收音機裏準時傳出了正義使者的聲音，「大家好呀，這裏是正義使者電台，現在開始播音啦，大家都在不在？」

　　「正義使者，我是西瓜，我來了——」「西瓜」的聲音傳了出來。

　　「我是『酸黃瓜』，等待已久了。」「酸黃瓜」的聲音也傳出來。

　　南森開始微調收音機的按鈕，他要把收音機頻道調到最準確的位置，方便接下來的測試。

　　「接下來幾天，我要休息幾天，報仇行動不會中斷的。」正義使者的聲音都是神氣活現的，「那麼，今天我們可以聊一聊生活，我可以先給大家唱首歌，我喜歡唱歌，倫敦達人秀的第一名的演唱水準比我差遠了。」

　　「歡迎——」眾魔怪鼓掌的聲音傳來。

　　「那我就唱一首比較憂傷的歌，《五百英里》……」

　　南森看着接收儀上的錶盤，用手調節着按鈕，非常專

注，同時能感覺到他略微的緊張。

「如果你錯過了我坐的那班火車，你應該明白我已經離開……」收音機裏，傳來正義使者的歌聲，「你可以聽見一百英里外飄來的汽笛聲……」

「噢，它唱得不錯。」派恩指着收音機說。

「噓——」海倫不滿地看看派恩，指了指南森，又指了指接收儀。

派恩吐吐舌頭。南森此時已經開始調整定位儀上的按鈕了，定位儀上所有的儀錶盤指針都微微擺動着。

「保羅，記錄數值——」南森說道，「北緯51度30分32秒——」

保羅連忙記錄下數值，南森則繼續調動按鈕。

「我衣衫襤褸……」正義使者繼續忘情地唱着。

「西經00度07分21秒——」南森又給出了一個數值。

保羅連忙記錄。

「交叉定位值是倫敦西面的海斯地區的斯托克利森林公園。」保羅興奮地說，「沒錯，就是這裏了。」

海倫把一張準備好的地圖拿了過來，鋪在桌子上，南森用鉛筆迅速找到了斯托克利森林公園的位置，在那裏做了一個標記。

此時，正義使者的演唱已經結束，收音機裏是一片掌聲。

「我也要唱——」「酸黃瓜」大叫着，「我唱一首《什錦菜》，希望大家喜歡……再見了，喬，他得走了，他劃着獨木舟順着河流出航……」

「難聽——閉嘴——」收音機裏傳出魔怪們的喊聲。

南森把收音機的音量調小，然後指着地圖上斯托克利森林公園的位置。

「定位在這個公園了，但是畢竟是老古董定位儀，詳盡的具體位置，在這裏無法得出，只能趕過去，近距離使用定位儀捕捉，但是這個公園距離我們有二十多公里，我

們趕到了，它們的播音應該結束了。」南森看着地圖，皺着眉説。

「那怎麼辦呢？」派恩急着問。

「明天上午，我們在那邊走一走，實地看看地形，看看哪裏適合魔怪隱蔽。」南森説，「目前測試結果已經把正義使者的電台鎖定在一公里範圍內了，明天晚上，只要它再次播音，我們選位合適，那麼半分鐘內就能把它準確鎖定。」

「那明天上午我們能不能直接找到魔怪呢？我們可是有幽靈雷達的。」本傑明問。

「有這種可能性，但是魔怪不住在那裏，只是在那裏播音，這樣魔靈雷達也找不到魔怪。」南森看看本傑明，「另外，它要是有什麼特殊的遮蔽魔怪反應的手段，我們找起來也困難，不過電台電波不會被遮蔽，我們在附近，電波只要傳出來就能立即找到，找到電台，也就找到魔怪了。」

「無論如何，我們離正義使者越來越近了。」海倫的口氣充滿了信心，「明天上午能找到最好，找不到的話，晚上它出來播音，我們就能立即鎖定它。」

第十章　城堡

第二天一早，還不到八點，南森就帶着小助手們前往了斯托克利森林公園，這個公園有幾座長滿樹木的小丘陵，一條小河穿越過整個公園，這裏整體比倫敦市的公園要大很多，也沒有圍牆，這裏很少有遊客前來，森林裏小動物很多。

南森他們一身登山者的打扮，南森手裏還拿了一根手杖。按照保羅確定的方位，他們先是把車停在了公園外的公路邊，徒步進入了公園，徑直向確定地點走去，保羅走在最前面引路。

保羅一路上向四面發射着探測信號，不過都沒有收到回饋，森林裏不是很好走，要到達目標地點，根本就沒有路，他們在林中踩着斷枝，還越過一條很淺的小溪。

「這裏就是了。」保羅走到一處丘陵下，停下了腳步，「按照座標點，是這裏，周邊一公里內都算這個座標點。」

「那也沒有多大的地方。」本傑明説着向前走了幾

步，抬頭看着丘陵的頂部，「博士，那裏有個破城堡，我們去看看。」

南森答應了一聲，保羅早就向城堡發射了探測信號，沒有任何魔怪反應。海倫手裏的幽靈雷達也探測了一下，這個丘陵不到三十米高，走上去也不過一百米就能到那個城堡。

大家沿着比較平緩的山坡上山，山上的樹木沒有那麼茂盛，上去倒不是很吃力。他們很快就到了山頂的破敗城堡。

城堡不大，不像是人們想像中的那種高山古堡，這座城堡的周邊城牆矮小，塔樓也不是那麼高高聳立的，無論是城牆，塔樓，還是城堡主體建築，全都坍塌了。一些危險的碎石被清運走，還有一些碎石留在原地。保羅查詢了紀錄，發現這個城堡沒有任何記載，南森判斷這是五、六百年前一個很小的貴族的城堡，類似這樣的城堡，倫敦附近其實還有一些。

南森他們想爬到塔樓的頂層，因為這是這片區域的制高點，能俯看周圍的一切。他們走上塔樓，只上了一層，再往上走，塔樓的樓梯就全部坍塌了，他們無法登高，只能站在塔樓第二層的地板上，向四周看着。

塔樓下，除了這座小丘陵，就全部是樹林了，大概向北五百米外，還有一座丘陵，向西五百米，是一個小小的湖泊。除此之外，全都是樹林了。

「博士，真不知道魔怪能藏在什麼地方進行播音。」派恩看着四周，「魔怪反應也沒有⋯⋯會不會在樹林裏有個地堡呢？」

「我們把這裏全走一遍，畫一張地圖出來。」南森說，「魔怪隱蔽的技巧是很高明的，這是它們多年來求生本能造成的。」

「也許就在腳下藏着呢。」本傑明跟着說，「我們要仔細地觀察。」

南森他們下了塔樓，本傑明看了看塔樓的第一層，像是一個碉堡的內部，除了地面上一層石塊和一些碎石條，什麼都沒有，第一層的門和窗戶也只剩下外框。

大家從城堡走出來，向北面的丘陵走去，他們一直在林中穿行，很快，他們就開始攀爬另外一個丘陵，快到山頂的時候，走在前面的保羅先是站住，隨後一竄，追了出去。

「保羅——」海倫連忙喊道。

只見保羅快速地奔跑，在他的前面，有一隻紅褐色皮

毛的狐狸，那隻狐狸的速度很快，左衝右突，轉眼就不見了。

　　保羅很是無所謂地走了回來，模樣很是悠閒。

　　「不要亂跑，我還以為發生了什麼事呢。」海倫抱怨起來。

　　「本能，這是本能，我就喜歡追那些小動物。」保羅搖頭晃腦地説，「看你緊張的，這周圍我早就探測了，沒有魔怪。」

他們上到丘陵的山頂，向更北面看去，下山後，全都是樹林，再向前幾百米，依稀可見一條河流穿過森林，不過那邊不在定位儀器鎖定範圍之內了。

「這裏看來也沒什麼。」南森看看大家，「不過我們開始要把周圍走一走，起碼要熟悉這一帶的地形，等到晚上，魔怪出來使用電台，我們能最有效地圍捕它。」

「再走一走，也許能發現它的電台呢。」本傑明看了看一棵大樹，大樹有個樹洞，「早期的電台，很沉很重，而且體積大，魔怪不住在這邊，我不相信它每天背着電台到這邊來廣播。」

「很有道理。」南森點了點頭，讚許地說，「魔怪最多拿着幾個充電電池過來，這附近連一個現代的房子都沒有，魔怪不可能使用固定電源驅動電台，只能用充電電池。」

他們下到丘陵下面，向南前進，他們要走遍這一平方公里的範圍，到中午的時候，他們把整個地點走遍，不過沒有發現魔怪的電台。這次，小助手們倒沒有什麼垂頭喪氣一無所獲的感覺，他們堅信魔怪晚上會來到這裏進行播音，只是不知道它會通過何種形式前來。

南森帶着幾個小助手回到停車的地方的時候，已經

是下午了，他們帶了食物來，都放在汽車上。他們不準備回偵探所，要在這裏堅守到晚上，守候那個魔怪出現。南森一回去，就找出一張紙，把鎖定地點詳細地畫了一張地圖，中心點就是那個老城堡。

　　大家仔細推演了魔怪以何種方式出現，同時以何種方式圍捕，並且做了安排布置。接下來的時間，就是漫長的等待了，此時到晚上九點半，還有好幾個小時。派恩在後排的座位上睡覺，本傑明帶着保羅鑽進到旁邊的樹林裏，海倫提醒本傑明千萬不要跑遠了，本傑明答應着，帶着保羅跑到了很遠的一條小溪邊，玩了起來。

　　本傑明和保羅回來的時候，天已經快黑了。海倫抱怨起來，本傑明和保羅都很是不高興。

　　「保羅有遠距離魔怪預警功能，我也有幽靈雷達，再說現在距離九點半還早，你也太緊張了。」本傑明很是不耐煩地對海倫說。

　　「我是說你到處亂跑，不要驚動了魔怪。」海倫半解釋地說。

　　「回來了，我這不是回來了嗎？」本傑明說着跑去開後備箱，他們把晚上的食物都放在後備箱裏了。

　　天黑了下來，外面也有點風，大家全都坐進車裏。

此時的這個公園，萬籟俱寂。南森他們在車裏耐心地守候着，本傑明有些無聊地擺弄着手裏的幽靈雷達，忽然，他想到了一個問題。

「博士，魔怪會不會像上次一樣，突然出現呀？」本傑明問道，「按説它距離我們八百米左右，保羅就能發現，可是在那個路口，兩個魔怪都是突然冒出來的，也不知道是怎麼靠過來的。」

「這種可能性是存在的，所以我們更要謹慎。」南森説，「不過無論如何，它只要前來，有魔怪反應出現就行，我們都能鎖定它，關鍵是怎麼抓到它。」

「這到底是一個怎樣的魔怪呢？」派恩一副思索的樣子。

「一會就知道了。」海倫像是自言自語地説。

時間一點點地過去，已經快接近九點了，南森和小助手們下車，來到後備箱，他們把電台接收儀和定位儀都搬了出來，來到了汽車車頭，本傑明和派恩把儀器放在地上，南森打開車前蓋，海倫把一根電線交給南森，南森把電線的一頭連接到汽車蓄電池上，另一頭分成兩股線，連接到電台接收儀和定位儀上，蓄電池將為兩台儀器供電。連接好後，南森打開了兩台儀器，兩台儀器的燈立即全部

亮了起來，南森戴上耳機，調試着，一切都能正常工作。

這時，海倫又拿來一件雨衣，把雨衣罩在兩台儀器上，主要是遮蓋住儀器上的燈光。一切布置完畢，九點剛過，南森把長長的耳機線拖出來，戴上了耳機，坐進汽車裏。

本傑明和派恩走出了汽車，他們背靠着汽車，用幽靈雷達對着前方探測着，保羅圍着汽車走動着，他的探測距離更遠。

越是臨近九點半，大家越是緊張。保羅在汽車邊，把追妖導彈發射架開合了兩次，檢驗發射狀態是否正常，這其實也是他緊張的表現。九點半馬上就要到了，大家還是沒有探測到任何的魔怪反應。

「那傢伙不會不來了吧？」本傑明舉着幽靈雷達，對着遠方，他看看海倫，「它要是播音，怎麼也要做一些準備工作，按說現在應該就位了，也就是説進入我們的探測範圍了，起碼保羅能探測到了。」

「不會不來的，它怎麼可能知道我們在這裏……」海倫搖着頭説。

「三點方向，大概六、七百米，有個魔怪反應。」保羅突然叫起來，他的聲音有些大，不過倒是不用擔心，因

為距離很遠，魔怪聽不到，「就是城堡那邊。」

「它來了。」南森立即說，大家也都緊張起來，「具體方位？」

「有樹林遮擋，很模糊，只知道大概方位，魔怪類型也判斷不出來。」保羅說，「魔怪反應時隱時現的。」

「我的幽靈雷達探測距離根本就不夠。」派恩急得晃着手裏的幽靈雷達。

「沒關係，我們現在還有一種定位方法，只要它播音，就能鎖定。」南森說着跳下了汽車，來到兩台儀器那裏，他掀開雨衣，鑽了進去，開始調節接收儀上的按鈕。

本傑明他們也都跟着跳下車，本傑明望着魔怪出現的方向，有點手足無措，想直接過去，但是南森這邊在等魔怪播音並確定準確方位。

「……大家好呀，九點半，正義使者廣播電台開始播音啦，今天很準時。」正義使者的聲音從接收儀中傳了出來，「大家都在不在呀？」

「我是『酸黃瓜』，我來了……」

「早就等着了，我是『西瓜』……」

魔怪們的聲音跟着傳了出來。

南森調動着按鈕，眼睛看向定位儀，他非常地專注，

海倫握着拳頭，站在雨衣旁邊，保羅在雨衣旁走來走去，似乎比較急躁。

「……北緯51度30分32秒55毫秒……」南森唸着數值，「老伙計，這個數值……就是那個城堡吧？」

「是的，就是那個城堡。」保羅叫着，「魔怪就在城堡裏。」

第十一章　入地鋼鐵牆

南森從覆蓋着的雨衣中鑽了出來，他也已經摘下了耳機。

「按照計劃方案，我們過去，包抄它。」南森對着魔怪的方向，做了一個手勢。

大家轉身進到樹林中，向城堡方向前進。保羅在前面引路，他們很快就跨越了那條小溪，因為是在夜間的林中前行，大家都啟用了夜視眼，能很好地看清前面的道路。

隨着不斷的前進，保羅接收到的魔怪反應越來越清晰了，海倫和本傑明他們的幽靈雷達也出現了魔怪反應。幾分鐘後，他們就趕到了那個小丘陵下。

到了小丘陵下，大家開始向丘陵上攀爬，不過大家行進都比較慢，他們擔心快速移動不小心觸碰到樹枝發出聲響會驚動了魔怪。他們一點點地向丘陵上的城堡接近，很快就抵達到距離城堡不到三十米的地方。

南森做了一個迂迴包抄的動作，海倫、本傑明和派恩開始向城堡的兩側方向移動，他們要把這個城堡四面包

抄，然後一起發動突襲，擒拿裏面的魔怪。

海倫和派恩移動到了城堡的左側，海倫先是在城堡左側的一棵樹下隱蔽好，派恩繼續移動，他來城堡的背面，隱蔽起來。此時本傑明已經在城堡右側隱蔽好了。

保羅和南森在一起，南森通過對講耳機得知小助手們全部就位，他對保羅點了點頭。

「大家注意，默聲進入城堡圍捕，一切聽我口令。」南森用對講耳機對小助手們下令。

説完，南森開始向城堡靠近，他向前走了十幾米，可以清楚地看到，城堡一樓，從破敗的窗戶那裏，有光亮透出。南森繼續前進，他很是小心，盡力不發出聲響，保羅緊緊地跟在南森身邊。

海倫他們也小心地貼近城堡，他們對城堡完全形成了四面包圍。

南森慢慢地來到距離城堡一樓入口不到三米的地方，他向裏面看了看，隱約看見裏面有個影子在動，一樓是有光亮的，並不是漆黑一片。

「……『西瓜』，哈哈哈，你唱得可真不怎麼樣呀，今後誰再招惹你，你可以唱歌給他聽，難聽死他，哈哈哈……」正義使者的聲音傳了出來，它的聲音充滿了嘲

笑，「大家還是聽我的吧……」

南森向前走了兩步，正義使者很是興奮地說着話，根本就沒有發現南森已經進來了。一樓的房間裏，其實有一個亮光球，南森和保羅也完全看清了，正義使者，的確是魔怪，但是他是一隻大鼠仙，那種和小精靈一樣，對人類無害的魔怪大鼠仙。大鼠仙正義使者拿着一個話筒，對着一部擺在地上的電台，還在眉飛色舞地說着話。

「嗖——」的一聲，南森向那部電台射出了一道閃電。電台「轟」的一聲，頓時冒出一股黑煙。所有的指示燈都滅了。南森這樣做，是先阻斷大鼠仙之間的聯繫，否則衝進來就捉拿大鼠仙，聲音會傳出去，其他大鼠仙就會逃走了。

「啊——」大鼠仙正義使者先是驚叫一聲，隨即轉身，看到了走進來的南森。

「你這個大鼠仙……」南森問道，「傷害人類的事怎麼也做出來了？」

大鼠仙瞪着南森，緊皺着眉頭，它已經站了起來，先是後退了一步，隨即轉身就向城堡的後門跑去。它跑了兩步，派恩迎面走了進來，握着拳頭，盯着大鼠仙。大鼠仙一愣，隨後退了一步。

「嗖——嗖——」海倫和本傑明從窗戶跳了進來，一左一右站在大鼠仙的兩側，大鼠仙又是一愣，它知道自己被四面圍住了。

「快點投降——」保羅喊道。

大鼠仙看看南森他們，突然一甩手，四道閃電射向南森他們，南森他們立即躲避。這時，大鼠仙先是跳了起來，大概距離地面將近一米，隨後它急速落地。

「地遁——」大鼠仙大喊一聲魔法口訣，落地後，腳伸進了地下，隨即身體也進入地下。

南森似乎知道大鼠仙的這個動作，他雙手猛地一推，同時大喊一聲魔法口訣。

「無影鋼鐵牆入地——」

五面無影鋼鐵牆從南森的雙掌飛出，其中一面進入地下後，立即堵在了鑽地逃跑的大鼠仙面前，擋住了它的去路，另外四面鋼鐵牆形成一個包圍之勢，把大鼠仙四面圍住。

「噹——」的一聲，大鼠仙的腳撞在鋼鐵牆上，身體被反彈起來。

大鼠仙叫了一聲，身體露出地面大半截，它驚恐地看到南森他們衝上來，連忙再次唸地遁口訣，鑽到了地面

下，它一個衝刺，想加速從地下逃走，但是迎面撞上了側面的鋼鐵牆，大鼠仙再次慘叫一聲，它臥在地下，很是絕望，它都不想再去試着逃跑了，它完全明白，自己被鋼鐵牆包圍了。

大鼠仙在地下被鋼鐵牆包圍，地面上完全看不到它，但是保羅的魔怪預警系統可是能清清楚楚地鎖定它的位置的。

「博士，它就在地下，距離地面不到一米。」保羅指着腳下的地面説，「他是坐在下面的，它跑不了了。」

「快出來——」本傑明對着地面下大喊着。

「快出來——」派恩跟着喊道。

「等一下。」南森先是對小助手們擺擺手，他看着地面，隨後雙手伸出，做出向上抬的姿勢，「起來，升起來——」

南森唸的是控制無影鋼鐵牆的魔法口訣。在口訣的控制下，地下的無影鋼鐵牆開始抬升，大鼠仙突然感到自己被托舉了一下，隨後，它的身體不由自主地開始抬升起來。

「啊——啊——」大鼠仙激動地開始亂動，但是一下就撞到了側面一起抬升的無影鋼鐵牆上，身體被彈了

回來。

　　南森他們都盯着地面，這時，大鼠仙的頭露了出來，它緊張地看着四周，隨後，它的身體也露了出來。

　　「看你往哪裏跑——」海倫説着就衝上去，一把抓住了大鼠仙的胳膊。

　　「不要抓我——」大鼠仙喊叫着，掙扎着。

　　派恩衝上去幫忙，抓住了大鼠仙的另一隻胳膊，大鼠仙還在那裏激烈地扭動着身子，它可不想束手就擒。

本傑明已經掏出了捆妖繩，他衝上去，用捆妖繩把大鼠仙捆綁起來，保羅很是高興地圍在一邊，轉着圈跑動着。

「抓到了——抓到了——」保羅大喊着。

「啊——啊——」被捆住以後的大鼠仙還是想跑，但是身體完全被束縛住，扭動了幾下後，不再掙扎了。

海倫不放心，又掏出了一根捆妖繩，把大鼠仙捆住。大鼠仙瞪着海倫，嘴裏也不知說着什麼。

南森收起了鋼鐵牆，被捆着的大鼠仙臥在地上，大家的面前，大鼠仙的全貌完全呈現出來，它就像是一隻超大的老鼠，但是因為尾巴比較粗，腿也比老鼠長很多，還有兩隻大大的耳朵，看起來也有點像是狐狸。

「鬧了半天，原來是一隻大鼠仙。」本傑明看着被抓住的大鼠仙，感歎起來，「我說呢，怎麼突然就冒出來了，它是用在地下穿行的地遁術來的，在地下穿行的時候，被厚厚的土覆蓋着，魔怪反應基本露不出來，加上距離也遠，我們探測不到。」

「這些大鼠仙，還有那些小精靈，都是與人為善的，怎麼出來害人了？」海倫很是不解地看着大鼠仙，說道。

「這傢伙還弄了套電台設備呢。」派恩指指不遠處的

電台，那部電台的旁邊，有一個坑，坑的旁邊還有幾塊石條，看上去就知道電台其實是藏在石條下的，南森他們進過這裏，沒有察覺到石條下還有部電台，「大鼠仙都是隱居的呀，現在怎麼這麼高調了？」

「它的這個亮光球，亮度比我們的還要亮一些。」南森用手撥弄着懸浮在半空中的亮光球，把它推到大鼠仙身後的位置上懸停。

大鼠仙低着頭，一臉氣憤的樣子，它的身子起伏着，喘着粗氣。

第十二章　誤認為狐狸

「老兄。」南森走過去，半蹲在地上，「我想你的年齡很大了吧，當然，這是相對我們人類而言，你大概有兩百歲了。」

「一百九十歲。」大鼠仙轉頭看看南森，「怎麼了？小朋友。」

「果然是這樣。」南森點點頭，他看看幾個小助手，「這個年齡在大鼠仙那裏，其實不算大……」

「告訴你們，我是正義的，我是正義使者。」大鼠仙突然打斷了南森的話，大聲地說。

「看看，你心虛什麼？我也沒說你不正義。」南森突然笑了笑，「既然說到這裏，你的名字是什麼？你不會一直叫『正義使者』吧？」

「奧古斯汀。」大鼠仙說着看看南森，「你……就是那個南森吧，自以為了不起的南森。」

「我……」南森立即變得哭笑不得的，他真的都不知道怎麼接這個叫奧古斯汀的大鼠仙的話了。

「我是正義的，我們都是正義的，看看那些人辦的事情，你覺得我該怎麼處理？」大鼠仙氣呼呼地對南森說，「你説，換做你，該怎麼辦？」

「現在的問題是我都不知道你在説什麼？」南森一臉的茫然，「你在説什麼？」

「不知道什麼事？那你抓我幹什麼？」大鼠仙不屑地説，「我們之間無冤無仇，你抓我幹什麼？」

「我發現你和幾宗對人類的攻擊案有關，非常嚴重的攻擊事件，這就是我們抓你的原因。」南森很是嚴厲地説，「你既然知道我，也應該知道我們魔法偵探抓捕的都是犯罪的魔怪。」

「我就是推倒棵大樹，摧毀個堤壩。」大鼠仙先是滿不在乎地説，隨即激憤起來，「可是你們做了什麼，你們灌上汽油燒我們……」

「等等，我什麼時候用汽油燒你們了？」海倫先叫起來，「這事必須説清楚！」

「你們確實沒有，我也沒説是你們幹的，是奧瓦路的那對米爾森夫妻幹的，就是他倆，差點把『西瓜』燒死，會魔法也沒用呀，米爾森夫婦突然襲擊，『西瓜』當時正在睡覺……」

　　「這件事我們必須好好談談，你也別着急，慢慢說。」南森擺了擺手，「我想了解詳細的情況，你這樣說我確實不知道你在說什麼，聽上去『西瓜』遭到了米爾森夫婦的攻擊，是這樣嗎？」

　　「你慢慢說。」本傑明跟着強調說。

　　「不複雜呀，『西瓜』，啊，就是我的朋友，也是大

鼠仙，它的家就在米爾森家不遠的樹林裏，是個地洞，它一直隱居在那裏。」奧古斯汀倒是放慢了語速，「結果前些天，被米爾森夫婦攻擊，他們把汽油灌進洞裏，然後點火，『西瓜』的毛都燒掉了。」

「我要核實你的話，但是你要先告訴我，為什麼米爾森夫婦要燒你的朋友？他們不是巫師，也不是魔怪，就是普通人。」南森似乎有些着急了。

「那我怎麼知道？」奧古斯汀一臉的不滿，「我又不是米爾森，這麼惡毒的攻擊我們，你要去問他。」

「我確實要問問他。」南森説着站了起來，「海倫，撥打米爾森的手機，我現在就要和他通話確認一下，米爾森説他燒過狐狸洞。」

海倫連忙拿出手機，開始翻找米爾森的號碼，隨後，她撥通了米爾森的電話，米爾森夫婦現在還住在旅館裏。

「米爾森先生，有些晚了，打擾了。」南森接過電話後直接説道，「我要核實一件事情，你曾經説過，前些天你用汽油燒過一個狐狸洞穴，就在你家附近。」

「對呀。」米爾森的聲音傳了出來，「我燒了一個狐狸洞，因為狐狸在我家翻垃圾，垃圾桶的東西都倒出來了，我找到了狐狸洞，就在我家附近樹林裏，我都看見狐

狸尾巴了，哈哈，我就找來汽油，倒進洞裏，然後點火，我都聽見狐狸慘叫了，哈哈哈……」

「我當時還以為你僅僅燒掉一個狐狸洞，狐狸不在裏面呢……狐狸並不知道什麼是垃圾桶呀，如果狐狸擾民，驅趕狐狸可以找市政部門，而且早就有禁止獵狐的法令了。」南森皺着眉，「你採用這種手段，太殘忍了……」

「這我不管，打翻我家垃圾桶，我就要懲治牠們……喂？喂……」

南森已經收起了電話，他把電話還給海倫。

「聽到了吧，就是他幹的。」奧古斯汀也聽到了米爾森的聲音，「傷害我們，還誣陷我們翻找垃圾桶，我們大鼠仙會魔法的，怎麼會去翻他們吃剩下的垃圾？森林裏的漿果我們都吃不完。」

「全明白了……」南森環視着小助手們。「的確有狐狸翻倒了米爾森家的垃圾桶，於是米爾森想報復狐狸，就開始尋找目標，但是他發現了隱居在樹林裏的大鼠仙，你們看看大鼠仙的外形，還有那條尾巴，難怪米爾森認錯，把大鼠仙當狐狸了。」

說着，南森指了指奧古斯汀的大尾巴，奧古斯汀則不滿地扭了扭身子。

「結果米爾森就採用了極端的做法，把汽油灌進了大鼠仙的洞穴，隨後點火。」南森搖着頭説，「現在看，其餘兩件事，應該也是類似事件。」

「當時還好『西瓜』會法術，它鑽進地下，熄滅了身上的火。」奧古斯汀理直氣壯地説，「你們看看，就算是米爾森看錯了……這種情況我也知道，很多人類會誤認我們是狐狸，可是狐狸就可以灌汽油燒嗎？就是翻了翻垃圾桶呀，又沒有咬他，狐狸也是受到保護的野生動物，可是他採取的這個手段，你們説説過不過分？」

「他確實過分，可是你呢？」南森再次走到奧古斯汀身邊，「放倒大樹砸他的房子，會把人砸死的，你是知道這樣做的後果的。」

「我也沒有放倒大樹直接砸他們，我就想把他們的房子毀了，讓他們搬走，順便嚇嚇他們。」奧古斯汀扭着脖子説，「再説，我完全可以半夜把大樹放倒，不就是因為他們還有個孩子嗎？那孩子沒參與，所以我等他上學後才動手的。」

「你這樣説，好像自己還立了功一樣。」南森很是生氣，不過他努力控制着自己的情緒，「另外兩件事呢？拆毀河狸堤壩沖垮沃金地區的查理家，還想從山丘上推下巨

石砸你們口中的『假紳士』。」

「你、你、你全都知道？啊，那個路口那天有魔法師，應該就是你們吧？」奧古斯汀驚詫地叫了起來，不過隨即它就盯着南森，「好，無所謂了，那就全告訴你為什麼，你說的那個查理，也就是那個胖傢伙，也很壞，他們夫婦用禮花筒對着『勺子』住的洞穴發射禮花彈，『勺子』都被炸傷了，『勺子』可沒有招惹他，只是住在他家旁邊，當然了，那邊狐狸比較多，他可能把『勺子』當成狐狸了，可是狐狸能把他怎麼樣？也就是翻翻垃圾桶，我看他純粹是開心取樂，『勺子』聽到他在洞外開心地大笑呢。」

「海倫，打電話給那個查理，問問他有沒有做過這樣的事。」南森轉頭看了看海倫。

海倫連忙走到一邊，拿出電話打給查理。

「……那個『假紳士』，沒錯，我就是要狠狠教訓他，我調查過，這個人看上去文質彬彬，穿得更像一個紳士，大夏天都打領帶，穿皮鞋……」奧古斯汀越說越激動，「可是他幹了什麼事呢，他家住的地方狐狸、兔子都很多，他更狠毒，下了上百個尼龍繩套，被套住的狐狸和兔子他也不管，就那麼餓死。他還投毒，在瓜果和肉塊裏

127

摻上毒藥，『酸黃瓜』的兒子嘴饞，吃了一串扔在大樹邊的葡萄就中毒了，還好會法術，否則就被毒死了。我就是要報復他，我就是想從山丘上推下大石頭塊砸他……」

海倫這時走到南森身邊，告訴他查理說他確實用禮花彈攻擊過狐狸洞，理由就是狐狸在他家周圍出沒，有時候還叫，吵到了他。

「近年來，倫敦周圍的狐狸多了起來，有些還進了城，的確會對居民造成一些困擾。」南森聽完海倫的話，先是沉默了一會，「但是這種困擾，危害性都不大……看上去米爾森和查理這樣的居民，的確是把大鼠仙誤認為是狐狸了，但是即便是對狐狸的攻擊，也過於極端了，傷害到了大鼠仙，所以奧古斯汀就出來報復，好像做了正義的事，還自稱『正義使者』。」

「本來就是，它們膽子小，說大鼠仙從不和人類為敵，也害怕自己去報復被魔法師發現，但是它們確實受了傷害呀，它們也很氣憤。」奧古斯汀還是那樣理直氣壯，「我看不慣呀，就幫它們出手了，要抓就抓我啦，注意，是米爾森他們先展開攻擊的。」

「但是你的報復行為太極端。」南森很是嚴厲地說，「還想從山丘上推下巨石砸汽車，萬一砸到路人呢……」

「我會魔法，我能控制住……」

「你也說了，你會魔法，這都是魔法界的事呀，遇到被人類欺負或者誤傷的事，你們就去找魔法師聯合會報告呀。」南森擺了擺手，「魔法師聯合會完全可以在不對人類暴露你們身分的情況下，把事情處理好的，以前又不是沒有過這樣的例子，你為什麼自己採取這樣極其危險的事呢？」

奧古斯汀還想回嘴，但是它張了張嘴，沒有再說話了。

「你利用枯樹砸房子，拆河狸的堤壩沖毀房子，從山丘上推石頭，應該也是假意石頭自然掉落……你這些手段，不都是刻意製造自然情況，而不是你的魔法所為嗎？你在積極規避被魔法師發現。」南森繼續說，「說明你也知道自己的行為是錯誤的，否則你為什麼要掩蓋魔法手段？」

奧古斯汀低着頭，不過臉上還是有那種不服氣的神態。

「行了，現在說說這個吧。」南森走到那部電台旁，「你怎麼會有這個？你怎麼會利用老式電台建立了聯絡羣組？」

「我家住的地方，有個老人，年輕的時候就是個無線

電愛好者，去世後留下了一套電台設備，他是三十年前去世的，沒有子女，這套設備就一直放在他家裏。」奧古斯汀説，「我和這老人……是朋友，他可是個好人，也是唯一知道我身分的人類，他把無線電台交給我使用，大概十年前，他那房子作為無主房要被拆除了，我就把這套設備弄出來了。弄出來以後就放在這裏，一層地板下，平時用石條蓋住，因為我那裏實在放不下這樣一大套設備。」

「你住在這附近？」南森問。

「再向西不到十公里的森林裏。」

「繼續説，怎麼想到用電台建立羣組的？」

「設備閒着也是閒着，雖然是老設備，但是完全可以用，設備上有乾電池組，找個人類家的車庫偷偷充一次電，能用很長時間。」奧古斯汀説，「你知道，我們大鼠仙分散在倫敦四周住的，有這套電台，聯繫起來很方便。我這裏是一部體積最大的主電台，當時還有七套小電台，我都分給不同地區的同伴，一開始我是想建立一個生活類廣播電台的，通報一下哪裏盛產漿果，沒事的時候大家再唱唱歌，説説笑話，後來分發小電台的時候，『西瓜』它們就和我説了被人類欺負的事情，我就生氣了，它們還不敢還手，我説乾脆我來幫它們出手，就叫大家把受的冤屈

告訴我，我調查一下就出手報復，我認為這是正義的，電台名字就叫了『正義使者』廣播電台，誰有了冤屈，通過電台呼叫，直接告訴我，我會幫它們報仇。」

「你這個電台建立了多長時間？」南森又問，「關鍵是，以前你是否還有過類似的報復行動？」

「沒多少天，米爾森家的房子被砸是第一件。」奧古斯汀有些滿不在乎地說，「你不是什麼都知道嗎，你可以去查呀。」

「我再確定一下，你使用那個現在廣播電台廢棄的頻道，是要在上面建立一個公眾的通話平台，是這樣吧？」南森看看大鼠仙。

「當然。」奧古斯汀說，「我可以弄一些手機給大家，但是那樣只能一對一通話，有了那個電台頻道，我們就能一起通話了，我的這個主要電台，還有它們的小電台，都有發射功能，也都配有收音機，調好頻道，又能說又能收聽，全在一個頻道上。」

「那你有沒有想過，這麼老舊的頻道，還是會被其他人聽到？」南森微微一笑。

「不會有人用老收音機聽廣播的，而且我即便說起報復行動，也沒有直接說，都用了隱蔽的說法，我……」

奧古斯汀忽然想到了什麼，他看了看南森，叫了起來，「啊，是你，你們聽到了我的廣播，所以才找到我的⋯⋯」

「不重要了。」南森繼續笑着，「接下來，不僅是找到你，還要找到『西瓜』、『酸黃瓜』，我知道這一定都是綽號，它們都是大鼠仙⋯⋯」

「找它們幹什麼？我不會告訴你的，你要傷害它們嗎？」奧古斯汀大叫起來，「都是我幹的，不管它們的事。」

「你什麼時候聽説過魔法師去傷害大鼠仙？」南森嚴厲地説，「這些大鼠仙，都和你做的事有關，我要找到它們，僅僅是要告訴它們你的行為是錯誤的。你要是不説，我們僅僅是要多花一些時間而已，倫敦地區所有大鼠仙居住地址，魔法師聯合會都是知道的，我們要去一一通知。」

「我也不知道所有同伴準確的居住地址呀，我怎麼告訴你？」奧古斯汀聽到南森這樣説，不那麼抵觸了，語氣緩和很多。

「有辦法。」南森看了看電台，「我把電台修好，明晚九點半，你把它們找來，直接説我要見它們，把這些

事好好說說清楚。你的事情，因為沒有造成嚴重後果，魔
法師聯合會會酌情處理，你的那些伙伴最多就是在現場看
看，沒有具體參與，更不會受什麼處罰了，但是這件事一
定要說清楚，這樣的報復行為一定要杜絕，有事可以通過
魔法師聯合會溝通解決。明晚，魔法師聯合會的會長也會
來……」

尾聲

「那個叫『西瓜』的大鼠仙，居然是盧斯坦，兩年前我們還和它打過交道呢。」本傑明坐在回偵探所的車上，南森剛剛開動汽車，「我居然在電台裏都沒有聽出來它的聲音。」

「是呀，我也沒聽出來。」海倫跟着說。

這是第二天的晚上，快十二點了。奧古斯汀在頭一天晚上，就被帶到了魔法師聯合會，同時帶去的還有那部電

台。電台被很快地修好,第二天晚上九點半,奧古斯汀直接在魔法師聯合會播音,那些大鼠仙頭一天晚上一直以為電台中止播音是發生了故障,奧古斯汀一上來就直接說明了情況,大鼠仙們召集到了魔法師聯合會,會長和南森跟這些大鼠仙進行了很長時間的溝通,離開魔法師聯合會的時候,都已經快十二點了。

「也不知道聯合會最後會怎麼處罰奧古斯汀?」海倫關切地問開車的南森。

「怎麼也要被關一段時間了。」南森說,「今天它這個態度還算誠懇,不像昨晚那麼抵觸了。」

「希望它能真正認識到錯誤。」海倫點了點頭,她忽然看了看派恩,「派恩,你在看什麼呢?怎麼一直不說話?」

「倫敦地區小精靈,大鼠仙名錄。」派恩說,「剛在魔法師聯合會拿的。」

「我這裏有電子版的,不用拿一本書。」保羅說道。

「拿着書看着方便。」派恩說着又看了看那本書,「書的最後一頁,還附有一個表格,上面是倫敦地區資深魔法師名錄,第一個是會長,第二個就是博士,我在找我的名字呢,奇怪,我找了兩遍,沒有我的名字……」

　　「哈哈哈哈……」本傑明大笑起來，「你以為能找到你的名字嗎？你真以為自己是天下第一呀？」

　　「怎麼了？」派恩瞪了本傑明一眼，隨後又看着那本書，「是不是印錯了？」

　　「你聽好了……」本傑明一本正經地說，「如果在上面找到你的名字，那才是真的印錯了。」

　　「本傑明，你……」派恩瞪着本傑明。

　　南森轉頭，看了看他倆，海倫也看看他倆，全都笑了起來。

麥克警長，蘇格蘭場（倫敦警察廳）高級督察，南森和警方的聯絡人，也是一名大偵探，屢破奇案。當然，他所偵辦的都是人類世界中的案件。一起來看看他偵辦過的案件，運用你的推理能力，想一想他是如何破案的呢？

航班尋兇

　　麥克警長乘搭一架小飛機，前往愛丁堡出差，飛機上的乘客僅有幾十人，坐得也很分散。

　　飛機起飛後，麥克警長看着窗外的景色，突然傳來廣播，提醒乘客前面一直有氣流層，飛機會因此顛簸，請乘客一定繫好安全帶。麥克檢查了一下安全帶，不一會便睡着了。這架飛機全部是經濟艙，他在經濟艙的第一排，飛機中間是通道，兩側是座位。

　　「……我看到洗手間的門有一條縫，我以為沒有人，

拉開後看到這個人暈倒在裏面。」一個聲音傳來，是一位乘客，他對一個男乘務員説道。

麥克被説話聲驚醒，後面的乘客因為距離遠，都不知道發生了什麼，有的看書，有的看電視。麥克連忙解開安全帶，來到洗手間門口，只見一個身材高大的男子倒在地上，鼻子上還有血流出來。

「幫忙把他抬到前面救治。」男乘務員説。

麥克幫着他們把那個男子抬到了最前的乘務員休息區，一個空姐連忙上來急救。

「我是警察。」麥克拿出證件給男乘務員看了看，「這人脖子上有掐痕，是被謀殺的，兇手就在航班上，你跟我來，找出兇手。」

男乘務員連忙跟着麥克，向後排走去。

「受害者身材高大，能被傷害，兇手身材應該更加高大。」麥克説道，「報案那人不是，他個子很小，另外，被掐住脖子的人會努力搬開兇手的手，兇手的手會有傷痕，要注意這樣的人。」

兩人觀察着乘客，走到了機尾。兩個男子最有嫌疑，他倆身材都很高大，一個捧着一本雜誌，一個手持遙控器

在看電視。

「那個看雜誌的，捧着雜誌看，把手都給擋住了，嫌疑最大。」麥克對男乘務員說，「跟我來。」

兩人走到那個看雜誌的人身邊，麥克看了看那人的雜誌。

「你在看廣告呀，你很喜歡看廣告嗎？」麥克突然對那人說。

「你是誰？」那人抬頭看看麥克，「幹什麼？」

「你剛才到洗手間去了吧？」麥克問道。

「沒有，我一直沒動，就坐在這裏看雜誌。」

「我不信，你一定走動過，你可不是個好人，我很看不起你……」麥克突然說道，他的語氣明顯在挑釁。

「你說什麼？」男子激動地站了起來，「小心我……」

「你說謊，你離開過這裏。」南森說着把那本雜誌搶過來。

那人連忙把手放進口袋裏，麥克冷笑着，出示了自己的警官證件。男人無奈伸出了手，他的手上有傷，洗手間裏的人就是他傷害的。那人多年前是看雜誌男子的老闆，

開除過男子，男子一直懷恨在心，這次在飛機上巧遇，老闆沒認出他來，他則在老闆去洗手間的時候行兇，打了老闆一拳後，伸手掐住老闆脖子，直到那老闆倒下。

請問，麥克為什麼故意激怒男子，並說男子撒謊？

3. 逃離鬥獸場

警察在調查一宗案件時，遇到兇手使用古羅馬角鬥士才懂的搏擊術瘋狂抵抗，警方相信是「毒狼集團」派人到古羅馬角鬥士學校學習。時空調查科接到任務，將穿越到安東尼時期的古羅馬城，把在角鬥士學校學習的人帶回現代。可是，他們所得的信息有限，究竟怎樣才能完成這棘手的任務呢？

4. 古堡迷影

穿越者如果要穿越到較遠的時代，為減低風險，會把穿越分成兩段或者三段，並在中途設立中繼站。一天，設立在十一世紀圖林根的中繼站發生了傷人事件，傷者在昏迷前只說了一句話，表示城堡裏有「魔鬼」！究竟城堡裏發生了什麼事？傷者口中的「魔鬼」到底是誰？

5. 石器時代的大將

「毒狼集團」的成員為了躲避通緝，穿越到距今五千年的新石器時代。為了追捕罪犯，時空調查科穿越到新石器時代的多瑙河旁。可是，他們尚未找到目標人物，就看到兩班人在短兵相接，更被一個騎着豬的大將捉住了⋯⋯到底這個騎豬的大將是誰？時空調查科成員怎樣才能脫險呢？

6. 龐貝古城行

意大利投資家派諾先生被「毒狼集團」派出具穿越能力的綁匪綁架了。時空調查科穿越到龐貝——這個將會在百年後被維蘇威火山爆發而摧毀的古城，找到了派諾先生。可是，他竟不願離開，更多次攀上維蘇威火山。為什麼他會這麼反常？難道他被綁匪威脅了嗎？

7. 百年戰場上的小傭兵

「毒狼集團」在意大利巴里地區的行動越來越猖狂，意大利警方和時空調查科出動聯手打擊，地區首領辛博諾竟逃到了 1415 年的法國阿金庫爾鎮附近，而此時此地正發生英法兩軍的大會戰！時空調查科成員緊追其後，穿越到法國，卻意外失散了，還分別被誤以為是英軍和法軍的僱傭兵⋯⋯到底這是怎麼回事？

魔幻偵探所 46

預言收音機

作　　者：關景峰

繪　　圖：陳焯嘉

責任編輯：葉楚溶

美術設計：李成宇

出　　版：新雅文化事業有限公司

　　　　　香港英皇道499號北角工業大廈18樓

　　　　　電話：（852）2138 7998

　　　　　傳真：（852）2597 4003

　　　　　網址：http://www.sunya.com.hk

　　　　　電郵：marketing@sunya.com.hk

發　　行：香港聯合書刊物流有限公司

　　　　　香港荃灣德士古道220-248號荃灣工業中心16樓

　　　　　電話：（852）2150 2100

　　　　　傳真：（852）2407 3062

　　　　　電郵：info@suplogistics.com.hk

印　　刷：中華商務彩色印刷有限公司

　　　　　香港新界大埔汀麗路36號

版　　次：二〇二一年一月初版

ISBN：978-962-08-7669-1

© 2021 Sun Ya Publications (HK) Ltd.

18/F, North Point Industrial Building, 499 King's Road, Hong Kong

Published in Hong Kong

Printed in China